正岡子規と明治のベースボール

岡野 進

創文企画

はじめに

日本の俳句や短歌の革新を推進した著名な文学者「正岡子規」（1867―1902）は、35年というあまりにも短い生涯の中で、多彩な文学活動を行い、例えば「俳句はおよそ二万四千、短歌はおよそ二千五百首をのこした」（松山市立子規記念博物館編『子規博館蔵名品集』6頁・18頁）人物である。この子規が明治時代中頃、アメリカから伝来して間もない「ベースボール」に熱中したのであるが、このことについては、何となく聞いたことはあるものの、その実際（真実）についてはあまり知られていないのではなかろうか。

何を隠そう、著者自身、子規がベースボールをやっていたということを知ったのは、子規が、没後100年に当たる2002（平成14）年、「野球殿堂入り（新世紀特別表彰）」したとの新聞記事を読んだときである。その新聞記事には、次のとおり書かれていた。

「子規は東京大学予備門時代、捕手や投手として（＊ベースボールに）熱中。バットとボールを故郷松山に持ち帰り、指導や普及にも尽力した。『久方のアメリカ人のはじめにしベースボールは見れど飽かぬかも』『球うける極意は風の柳かな』などの俳句や短歌を発表した。」

また、「自らプレーを楽しんだほか、野球の技術やルール、用語を解説し普及につとめたほか、雅号に幼名の升（のぼる）をもじって『野球（の・ぼーる）』と書くなど、野球を題材にした小説や和歌、俳句

を数多くつくった。」(『朝日新聞』2002年1月12日付)

このときは、正岡子規がベースボールをやっていたことを知り、興味は覚えたものの、(自己の専門研究を優先させたため)すぐには本格的に「子規とベースボール」研究を進めるまでには至らなかった。

その後、2010年3月に出版した拙著『新版　概説スポーツ』を執筆しているとき、「ベースボールから野球の命名」という項を書く段になって、慌てて、先の『朝日新聞』記事と、二・三の著書を参考にして、次のとおりまとめたのであった。

「正岡子規といえば、俳誌『ホトトギス』により、日本派の新俳句を推進した人物として知られる著名な俳人・歌人であるが、アメリカから伝えられたベースボールを大変愛し、第一高等中学校(東京大学予備門、現東京大学)時代には自ら(投手や捕手として)プレイを楽しんだほか、野球の技術やルール、用語を解説したり、バットやボールを松山に持ち帰り結核を患いながら(1888年8月に初めての喀血)も指導や普及に尽力したことでも知られている。(略)子規の殿堂入りは、こうした彼の活動が認められたことによる。」(拙著『前掲書』20頁)

しかし、この段階では、果たして、子規がいつ、どの様にベースボールに取り組んだのか、また子規がどの様なベースボール(技術やルール、用語)の解説をしたのか、さらには子規がどんなベースボール短歌や俳句を詠んだのかといったことについてはもちろんのこと、当時のベースボールがどの様に行われていたのかといったことについても、ほとんど理解できていなかった。

その後、自己の専門研究も一段落ついたことから、もっと「子規とベースボール」について詳しく知りたいと思う様になり、「正岡子規とベースボールに関する研究」をスタートさせたのである。

そして、まずは、子規の出身地である松山に（２０１０年からこれまで五度）出向き、「市立子規記念博物館」をはじめ「県立図書館」、「子規堂」、「の・ボールミュージアム」等を訪ね、諸文献・資料を調べていくとともに、東京ドームにある「野球体育博物館（現野球殿堂博物館）」や書店、古書店を度々回って、「正岡子規」や「ベースボール（野球）」、「正岡子規とベースボール」関連の文献・資料に当たっていったのである。

こうするうちに、著者はすっかり「子規とベースボール研究」の虜になってしまい、この5・6年間は「子規とベースボール」に関する調査・研究に多くの時間を費やした。

こうして、研究を進めていくうちに、一つの重要なことに気づかされた。それは、子規がプレーしていた頃（明治20年前後）のベースボールは、われわれが知っている今のベースボールの方式やルール等と大きく違っていたということであり、このことを予め知って（前提にして）おかないと、「子規とベースボール」についての記述や考察をしていくとき、とんでもない間違いを犯してしまうことになるということであった。

では、子規が行っていた頃のベースボールはどんなものだったのであろうか。もちろん、『本書』では、このことを中心に述べていくのであるが、今のベースボール（野球）と同じであったと何の疑いも持っていない人のために、また『本書』（内容）に、より興味を持ってもらうためにも、当時（明治20年前後まで）のベースボール方式について、ここで触れておくのが良いと考え、次の二つの引用文を示しておくことにする。

「當時のストライクは三つに分たれ、眼より乳に至るをハイ・ボール、乳より腰迄をフエーア・ボール、腰より膝に至るをロー・ボールと稱《しよう》し、打者は其中《そのうち》自己の好む所のものを審判官に通ずると、審判官は大音聲《だいおんじやう》を擧《あ》げて之を一同に傳《つた》へ、その要求以外の球《きう》は悉《ことごと》くボールと見做《みな》したものである。故に投手の苦勞は一通りでなく、半日も一人投球を續《つゞ》けることは全く不可能であつた、（略）此《かく》の如き競技法は二十年少し前頃まで續《つゞ》いたものらしい。」（朝日新聞社編『野球年鑑（大正五年）』61頁）

「しかしまだ野球（＊ベースボール）は素手で行う時代でミットはなく、捕手は今の位置から一、二間後に構えて、投手からの投球はワンバウンドで取るのであった。投手は今日と違って打たせるような投球を要求されていたから、一試合が午前十時に始って夕方終了したり、九〇対七〇といったスコアの時代であった。」（『慶應義塾野球部百年史（上巻）』２頁）

『本書』を著そう、著さなければならないと思ったのは、「子規とベースボール」について、これまでその全体像を詳細に述べたものはないと認識したからである。また、これまでの間違った解釈や推論、そして不明な点について、一度きちんと、それらを明確にしておく必要があると思ったからである。

そこで、『本書』が目指したことは、できるだけ多くの関連文献（著書）・資料等に当たることから、「子規とベースボール」（の関係）について、できるだけ広く、深く検証していくことであった。よって、『本書』

では、根拠（裏付け）となる引用文、また写真や図・表を数多く取り入れることになった。

ところで、著者の今一番の関心事は、（よく言われる）子規は本当に「左投げ」「左打ち」であったかどうかということである。例えば、子規が「左投げ」であったとの記述は、最近出版された小説『ノボさん』（伊集院静著）の中にも、次の様な「左投げのしぐさ」をするシーンがある。

「（略）右の手のひらをグローブのように開くと、そこに左の拳をボールのようにして軽く叩き、その左手を大きく後方に回して鉄道馬車にむかって投球動作をした。」（『前掲書』7頁）

また、子規の「左バッター像（人形）」が、松山市市坪の「坊っちゃんスタジアム」に併設されている「野球記念博物館（の・ボールミュージアム）」にある。子規は、本当に「左投げ」「左打ち」だったのであろうか？　勿論、このことについては、本文中で詳しく述べていくことになる。

『本書』の題名については、いつもながら苦労した。最終的には『正岡子規と明治のベースボール』とした。『本書』では言うまでもなく、「子規とベースボール」の関係を中心に述べていくのであるが、題名に、わざわざ「明治の」を入れたのは、アメリカから伝来して間もない明治（時代）の「初期（古式）ベースボール」は、今とは違ったものであったということを示唆しておきたかったからである。

『本書』は3部構成とした。

第1部は「子規とベースボールの関係を巡って」ということで、主として、アメリカの近代ベースボールがどの様に成立し、そして日本に伝えられたか。また、日本に伝えられて間もないベースボールに、子規がどの様に出合い取り組んだかについて述べた。

さらに、この第1部においては、興味深い子規のベースボール解説や子規が詠んだベースボール俳句（九句）ならびに短歌（九首）について紹介した。

次の第2部は「明治と子規のベースボール（野球）を検証する」ということで、明治のベースボール（野球）の発展について述べるとともに、子規が残した（これまで誰も解明できていない）「勝負附」の解明についての試みや子規のベースボール術について述べた。また、アメリカと日本のベースボール（野球）用具、ルール、技術（主に投球術）の発展（変遷）概要を、日米差に着目しながら述べた。

第3部では「夏目漱石、秋山真之とベースボール・野球」ということで、子規と漱石、子規と真之の親交について述べるとともに、子規の影響を受けたと思われる二人が、それぞれベースボール（野球）にどの様に関わっていたかについて述べた。

読者の皆さんには、まずは興味深い「章」や「項目」から、読んで頂ければと思う。

そして、著者が何よりも望むことは、明治時代の「初期（古式）ベースボール」に、著名な文学者「正岡子規」が、プレーヤーとして、また文学者としてどの様に関わっていたのか、多くの人たちにその「真実」を、知ってもらいたいということである。

〈凡例〉

（1）引用文は、原則として原文どおり（旧漢字・仮名はそのまま）とした。ただし、全ての漢字に振り仮名が施してある「ルビ付」の引用文については、著者が必要と思える漢字のみ「ルビ付」とした。

（2）引用文中の（＊）の中の語（文字）や文は、著者が付記したものである。

（3）［注釈］は、第1部、第2部、第3部の各部ごと、それぞれの（最終）文末後に記述した。なお、［注釈］のナンバリングは、第1章から第8章まで、通し（【注1】、【注2】……【注54】）とした。

（4）図、表、写真のナンバリングは、（3）の［注釈］と同様、第1章から第8章まで、それぞれ通し（表1…表10、図1…図9、写真1…写真31）とした。

（5）［引用・参考文献］（著者名『著書名』出版社名・発刊年）は『本書』（第3部）本文末後に、アルファベット（A・B・C……）順に掲げておいた。

正岡子規と明治のベースボール【目次】

第1部

子規とベースボールの関係を巡って

第1章　アメリカのベースボールと日本伝来

1　近代ベースボールの誕生

(1) 誕生の定説

「アメリカではベースボールが１８３９年、アブナー・ダブルディーによって考案された」（拙著『新版概説スポーツ』84頁）と書いたとおり、著者は近代ベースボールの誕生をこう理解していたし、また広瀬謙三『日本の野球史　写真記録』（1頁）も、そう書いている。

しかし、どうやらこれは間違いであった様で、平出隆『ベースボールの詩学』は「クーパスタウンは、ベースボールの草創の地ではなかった。アブナー・ダブルディーは、ベースボールの発明者ではなかったのである。（略）ダブルディーは１８３９年には、ウェストポイントの陸軍師範学校にいて、クーパスタウンにはいなかった。そして、一時的にせよ、帰省した事実もなかったことを、１９１１年にニューヨーク図書館で始められたベースボール起源調査において、ロバート・W・ヘンダーソンが明らかにしたのであった。」（97―98頁）と述べているのである。

さらに、平出『前掲書』は「近代ベースボールの誕生は、いまでは１８４５年とするのが定説となっている。」（42頁）と述べるとともに「１８４５年、ニューヨーク市にニッカー・ボッカー・ベースボール・クラブという同好会が組織された。アレグザンダー・ジョイ・カートライトはその創始者であり、それまでの人々のあいだで、まちまちに遊ばれていたルールを、はじめて、ひとつの書かれた体系にまとめあげたことで知られる。（略）翌１８４６年６月19日、ニッカー・ボッカーズの連中は（略）新ルールによる最初の試合を戦った。ところが、ニッカー・ボッカーズは23対１という思いがけない大差で敗れ、ナインはしばらく試合が組めないほど、ナインのショックは大きかったという」（44頁）ことである。

このときのルールは、現在の９イニング制ではなく、どちらかが21点をとると勝ちが宣せられるというものであった。しかし、先の試合結果が21点ではなく23点となっているのは、21点をとっても、当時は、その回は３アウトになるまで行ったからであると思われる。

写真１の出所は、Baker, William J.『Sports in the Western World』である。Baker によると、この絵は「１８４６年６月19日のアメリカにおける最初の試合（American National Game）のものである」としている。しかし、これはどうも間違いの様で、内田隆三『ベースボールの夢』は、この写真（プリント）は「南北戦争が終って間もないころ、ブルックリン・アトランティスとニューヨーク・ミューチュアルズの二試合

写真１　アメリカ初期のベースボール試合の様子

―この写真の出所は、Baker,W.J.（1982）Sports in the Western World. である。ベーカーによると、「このプリントは、Currier and Ives（1866）によるものであり、1846年６月19日、ニッカボッカーズ対ニューヨーク・ナイン・クラブのアメリカ最初のベースボール試合（American National Games）の模様である」と説明している。しかし、この説明はどうも間違いであった様である

のうちの第一ゲームで、一八六五年八月三日のゲームに触発され、描かれたものと考えられている。」（60―61頁）と述べている。

よって、この（写真の）試合は、アメリカで行われた最初の試合から、約20年経っていることになるが、その頃のベースボールは（写真１を見ると）、ピッチャーはアンダーハンドスロー（下手投）であり、またバッターはバットを両手を広めに開いて握っている。さらには、キャッチャーはまだマスクやプロテクターを着けていないし、１・２・３塁手はベース上に立っておりグローブも持っていない（素手）、アンパイア（審判）は一人で、しかもホームベースの右側に立っているという様に、近代ベースボールが始まって間もない頃（まで）のベースボールは、現在とはかなり様相の異なるものであった。

（2）初（1845年）の規約（ルール）

1845年9月23日に承認されたニッカー・ボッカーズの規約（A・J・カートライト作成）は、20条から成っているが、ベースボール（プレー）の主ルールは次のとおりであった。

「第一条　メンバーは競技のために取り決めた時間を遵守し遅刻なく参加しなければならない。

（略）

第八条　ゲームの勝敗は21点をとることで決着する。（略）

第九条　ボールは打者に対して、肘を伸ばして下手から抛る《ほうる》（pitch）こと。（略）

第十条　フィールド外に打ち出されたり、一塁または三塁より外に出たボールは、ファールとなる。

第十一条　空振り三振した場合、（略）キャッチャーが取れなかったらフェアとなり、打者は走り出さなければならない。

第十二条　打ったりチップしたボールが、フライであろうとワン・バウンドであろうと捕球されたら、打者はアウトとなる。

第十三条（略）走者が塁に到達する前に、ボールが塁上の敵手にわたった場合、もしくは、ボールをタッチされた場合は、アウトとなる。ただし、（略）ボールを投げつけてはならない。

（略）

第十五条　三選手がアウトになったら、一回の攻撃が終る。

（略）

第十七条　ファールのときには、得点も進塁もできない。

（略）

第十九条　ピッチャーがボークをした場合には、走者には一個の塁が与えられる。

第二十条　（略）打球が転がってフィールド外に出た場合には、一個の進塁が許される。」（平出隆『ベースボールの詩学』138―140頁）

ところで、近代ベースボールが誕生して以降、アメリカ全土に広まっていく上で大きな役割を果たしたのが、1861年に始まった「南北戦争」（1863年まで）であった。「ベースボールは北軍の兵士たちによって戦場へもたらされ、ひんぱんに野営地で競技された。そして戦争が終結すると、それぞれの故郷へと持ち帰られることとなった」ことから、「南北戦争はベースボールの父」（『前掲書』48頁）と言われているそうである。

また、「南北両軍のいずれでも、戦闘の合間に、ベースボールは兵士たちによって、熱心にプレイされただけでなく、北軍と南軍のあいだでゲームが行われたことさえあったという。」（91―92頁）

さらに、島田明『明治維新と日米野球史』は「南北戦争がアメリカのベースボールに与えた影響はこれまた計り知れない大きさでした。アメリカの東北部で流行していたこの新生ゲームが、戦争終結を期に除隊した兵士たちによって、そして、建設の進む鉄道に乗って、またたく間にアメリカ全土へと広まったのです。ベースボール大衆化の始まりでした。」（29―30頁）と述べているとおり、ベースボールという新しいゲームは、それほどまでに、兵士たち（アメリカ人）を魅了するものであったということであろう。

（3）「21点制」から「9イニング制」へ

先に述べたとおり、アメリカの（初期）ベースボールでは、21点を先取すれば勝利した。この21点先取制は、１８５７（安政４）年に、現行の「９イニング制」に移行している。

この理由について、守能信次『スポーツルールの論理』は「一説によれば、二一点先取制という試合形式ではいつゲームが終るかの予測がつかず、（略）当時の慣習として試合後に催された、ビジタークラブを歓迎するパーティーの準備に大いに支障をきたし、その接待担当者から苦情が出されて、九イニング制で競われるようになった。」（１５９頁）と述べている。

日本の場合は、明治５（１８７２）年にアメリカからベースボールが伝えられたときから、つまり、初めから（21点制ではなく）「９イニング制」であったと考えられる。

それは、アメリカで「９イニング制」が採用されてから、すでに15年が経過していること。また、（後述する）明治９年には、早くも「９イニング制」による試合が実際に行われていることが、その裏付け（根拠）となろう。

ところで、明治10年代には、平岡凞《ひろし》率いる「新橋倶楽部」が行った試合で、「九〇対七〇といったスコアがあった」（『慶應義塾野球部百年史（上巻）』２頁）そうであるが、当時の「９イニング制」の試合は、このスコアからして、長時間を要したものと思われる。

2　ベースボールの日本伝来

（1）伝来の定説

ベースボールは明治5（１８７２）年、アメリカ人教師ホーレス・Ｈ・ウィルソン（１８４３―１９２７）（写真2）【注1】が、東京開成学校（東大の前身）（写真3）において、学生たちに教えたのが最初であり、これが定説とされている【注2】。

ウィルソンは「日本野球発祥の地（碑文）」（写真4）に、「アメリカのメイン州コーラム出身で、志願して南北戦争に従軍した」とあるので、先に述べたとおり、「南北戦争」時にベースボールを習得し（その後のやや修正されたものを）日本に伝えたものと思われる。

しかしながら、一説には、ウィルソンが教えたとされる2年前（明治3年）、すでにジェームス（Leroy James）が、熊本洋学校でベースボールを指導していたとも言われており、明治9年（１８７６）年、熊本洋学校廃校後、京都の同志社英学校に転向した学生たちがかなりの腕前を見せていたことが、それを裏付けるものとされている。この様に、当時（１８７０年代初め頃）の洋学校には、先のウィルソンやジェームス

写真２　日本にベースボールを伝えたアメリカ人教師、ホーレス・ウィルソン

〈出所：島田明『明治維新と日米野球史』文芸社（2011）117頁〉

といった明治政府に招かれたお雇い青年外国人教師がいて、学生たちにベースボールを手ほどきした様である。

写真３　東京開成学校校舎全景

〈出所：島田明『明治維新と日米野球史』文芸社（2011）100 頁〉

ところで、先の「碑文」には「同氏が教えた野球（＊ベースボール）は開成学校から同校予科だった東京英語学校（後の大学予備門、第一高等中学校）その他の学校へ伝わり、やがて全国に広まっていった。」と書かれているが、関川夏央『子規、最後の八年』によると、「明治八・九年には、毎土曜日ごとに開成学校内に二チームによる試合がなされたが、とくに横浜居留地在住の米国人との試合には、見物人が山をなして群れ集まった。」（9

写真４　学士会館（千代田区神田錦町）横にある「日本野球発祥の地碑文」〈著者撮影〉

頁）そうである。

（２）明治９（１８７６）年のベースボール試合

島田明『明治維新と日米野球史』は、明治９（１８７６）年に行われた５試合の対戦チーム名や得点表を、発見された「ニューヨーク・クリッパー紙（New York Clipper, Dec23,1876.）」の当時の記事をもとに明らかにしている（81―96頁）。

それによると、明治9年の最初の試合は、夏のある日（土曜日）に行われ、「東京開成学校（学生）対東京・横浜居留民（外国人）チーム」が対戦して、11対34で外国人チームが勝利している。これは、記録上、日本初の国際試合であったと言えるかも知れない。

そこで、以下、島田明『前掲書』が述べている「明治9年のベースボール試合」について、そのあらましを紹介しておくことにしたい。

明治９（１８７６）年当時の東京開成学校（学生）のベースボール（チーム）は、「レギュラー９人のほかにも、開成学校のベースボール好きはかなりの人数でした。（略）少なくとも24～25名はベースボールをやっていたでしょう。（略）彼らのなかに、明治7年にアメリカ留学から帰り、開成学校に入学した大久保利和と牧野是利（伸顕）兄弟がいました。（略）明治の元勲・大久保利通の息子たちです。ほかにも木戸孝允の甥・来原彦太郎、山口尚芳の長男もいました。これらの若い帰朝組みは最新のアメリカ事情を学校内で得意げに友だちに話しました。もちろん、ベースボールも話題の一つでした。」（１０１頁）という状況であり、試合当日のナインは「ピッチャー久米祐吉、キャッチャー青木元五郎、ファースト石藤豊太、セカンド佐々木忠次郎、サード本山正久、ショートHWOGAMA（日本人名不明）、レフト野本彦一、センター日下部辨二郎、ライト田上省三」（１０９頁）であった。

これに対して、「アメリカ・チームは開成チームの先生格でした。彼らのメンバーの大部分が開成学校などの御雇い教師あるいは外交官であり、ベースボールはアメリカのゲームと自負していました。」（１１４頁）ということで、当日のメンバーは「Mudgett（セカンド）、F.Lacey（ショート）、Wilson（レフト）、Denison（センター）、Churchill（ファースト）、O. Lacey（サード）、Hepburn（ピッチャー）、Stevens（ライト）」（84頁）の８名であり、１名足りなかったので、（センター抜きの）８名で戦うことになった。メンバーの中には、日本にベースボールを初めて伝えたホーレス・ウィルソン（写真2、【注1】参照）もおり、３番・レフトで出場している。審判は、アメリカ人のトマス・ヴァン・ビューレン（横浜総領事）が務めた。

さて、この試合（結果）は表1のとおり、３回裏には、開成学校が6点を入れて、７対6と逆転するという善戦を見せたが、力量差はいかんともしがたく、７回で34対11の大差がついてしまった。この試合について、ニューヨーク・クリッパー紙は、次のとおり評している。

「日本人たちは（ベースボールに）たいそう興味を持ったようだ。動きは非常にすばやく、全体的に云うと投球がよい。すこし指導すればよいプレーヤーになるだろう。」（１１４頁）

実はこの試合は「7回」で終了している。その理由は、横浜から来ているメンバーが横浜に帰る汽車の

表１　明治９（1876）年に行われたベースボール試合（東京開成学校対外国人チーム）の得点表

	1	2	3	4	5	6	7	8	9	計
Foreigners	5	1	0	2	7	12	7	＊	＊	34
Japanese	0	1	6	0	0	1	3	＊	＊	11

Umpire ＝ Mr. Van Buren　　＊行わず（７回で試合終了）

〈島田明『明治維新と日米野球史』文芸社（2011）84 頁より著者作成〉

都合であったということになっているが、島田『前掲書』は「試合を早く切り上げ、横浜から来た選手を歓迎するパーティーを行うためであったのではなかろうか」（１１３頁）と推察している。

この日米戦以降の４試合は、外国人チーム同士による試合が行われ人気を集めた様である。９月２日には、米艦３隻の士官チーム対東京・横浜居留民チームが行われ、26対29で東京・横浜連合軍が勝っている。「この日は快晴で、観客も欧米人が２００人ばかりと、日本人が４～５００人も集まった」そうであり、また「この試合の後、東京・横浜の居留民による両ベースボール・クラブが結成された」（『前掲書』84頁）そうである。

その後の試合は、東京クラブ対横浜クラブ（共に居留民チーム）が２試合を行っており、第１戦（10月24日・於東京）は29対27で東京が、第２戦（10月28日・於横浜）も23対13で東京が勝っている。そして、もう１試合は10月23日、横浜・（軍艦）ヤンティック士官連合対東京クラブが行われ、24対12で横浜・ヤンティック連合軍が勝っている（85頁）。

ベースボールが伝来して間もない明治９（１８７６）年、すでに（ほとんどは外国人による試合であったが）ベースボールの試合が行われていたという貴重な史実であるので、ここに一項を設けて紹介しておいた。

ところで、先の「日米（開成学校学生対外国人チーム）」戦は、それ以後行われたのであろうかと興味を覚えるが、島田『前掲書』は「なにぶん資料が皆無なので、今は想像するのみですが、将来の発見を期待するのみです。」（１１５頁）と述べていることから、その興味を充足することはかなり難しそうである。

しかしながら、この明治９年の最初と言えるかも知れない国際試合から、丁度20年後の明治29（１８９６）年には、本当の意味での「一高対アメリカ（横浜居留地）チーム」による日米戦が行われることになる。このことについては、第４章３において述べることにする。

（3）明治9年の「ルール」

明治９年のベースボール試合の「ルール」は、どんなものだったのであろうか。このことについては、島田明『明治維新と日米野球史』が次のとおり述べている。

「１８７６年（明治９年）ごろのアメリカのルールを使ったとすればピッチャー・プレートはありませんでした。（略）ピッチャー・ボックスという長方形の仕切りのなかに立ち、足がボックスの外に出ないように、久米（＊祐吉）は投げたのです。ピッチャーはグローブなしで、ボールをじかに手で胸の前に抱くように持ち、そして体の横から、アンダー・ハンドでボールを投げました。（略）ピッチャーとホーム間の距離は45フィートで、現在の60・５フィートに比べるとはるかに近かったのです。（略）グローブはまだ使われません。明治９年は、まだ素手の時代でした。バッターは（略）ハイ・ボールとかロー・ボールとか、自分の好きなストライク・ゾーンを要求できたのです。（略）ボール９球でバッター１塁（略）。

つまりベースボールはバッターに打ちやすいボールを投げて、それをいかに打つかを楽しんだのです。ボールをひっぱたいてベースを駆け回り、何回ホームに戻ったかを争うゲームでした。」(『前掲書』１１０—１１１頁)

ここで、付け加えておきたいことは、明治初期における日本のベースボールの広がり（普及）についてである。この点、ロバート・ホワイティングと正木正之『ベースボールと野球道』は「それ（＊ベースボール）は日本人がはじめて接した団体競技であり、またたく間に日本全土を席捲するほどの人気を獲得した。それには、（略）投手と打者の対決が相撲や二人の武士による対決に類似していたことも、ひとつの理由といえるであろう。」と述べるとともに、「日本の文部省も、このアメリカ生れの団体競技を『日本人の国民性を伸長するうえで有益なもの』とみなした。」（５頁）ということである。

（４）子規はベースボールの来歴を知らなかった

「子規とベースボール」については、次の第２章から述べていくことになっているので、ここで、いきなり子規を登場させるのはやや唐突であるかも知れない。しかし、子規には「ベースボールの伝来（嚆矢《こうし》）」にまつわる興味深いエピソードがあり、どうしても、本項を設けて、紹介しておきたかったのである。

実は、子規『松蘿玉液』は、ベースボール来歴の事実を間違って認識していた様で、次のとおり述べている。

「この技の我邦の伝はりし来歴は詳《つまびら》かにこれを知らねどもあるいはいふ元新橋鉄道技師（平岡凞といふ

人か）米国より帰りてこれを新橋鉄道局の職員間に伝へたるを始《はじめ》とすとかや。」（『前掲書』33頁）

子規が（明治29年7月19日に）書いたこの（＊新聞『日本』【注3】）記事（記述）に対して、「好球生」と署名した読者からの投書があった。その投書には「ベースボール来歴の子規説は正しくない。正しくは明治5年ころに、一ッ橋にあった大学南校（＊翌明治六年、神田錦町に移って開成学校）の教師ウィルソンによってもたらされた。ウィルソンが校庭でバットを持ちボールを打って、われわれにボールを捕らせたのが始まり」（島田明『明治維新と日米野球史』74頁）であったと書かれていたそうで、この後、子規は自らの過ちを即座に認め、「投書」の末尾に次のとおり書き足したのであった。

「弁曰く　吾輩《わがはい》のおぼろげなる傳聞を以てベースボールの來歴を掲げしに好球生此寄あり　以て其誤を正す　吾輩の詳《つまびらか》に其來歴を知るを得たるは實に好球生の賜なり。依て其全文を掲げて正誤に代ふと云爾《しかいう》。」（『前掲書』75頁）

島田明『前掲書』は、この好球生は当時の第一番中学校・開成学校のメンバーのポジションと氏名を列記していることから、在学中、ウィルソン先生から、直接ベースボールを教わった人物（誰か）であり、子規も先輩として一目おいた人物であろうと述べている（73—78頁）。そして、その人物の実名であるが、「君島一郎氏も『日本野球創世記』のなかで、『この好球生とは杉浦重剛の匿名だろうか。そんな想念がフッと私の脳裏をかすめた』と書いていています。」（76頁）と述べている。

（5）平岡凞《ひろし》と「新橋アスレチック倶楽部《クラブ》」

ここで、子規が間違って認識していた人物である「平岡凞」について述べておくことにしたい。もちろんのこと、平岡は（日本人として）いち早くわが国に、アメリカのベースボールを伝えた人物であり、明治初期におけるベースボールの普及・発展に多大なる貢献をした人物である。そして、実は子規も、この平岡から、直接ベースボールの指導を受けたことがあるのである。

平岡は、明治4（1871）年、15歳のときにアメリカへ渡り、明治10（1877）年、汽車の車両製造技術を学び帰国、新橋鉄道局に復帰した。そして、覚えてきたベースボールを同僚に教え、翌明治11年、わが国初の「新橋アスレチッククラブ（倶楽部）」（写真5）というチームを組織した。（土井中照『子規の生涯』60頁）

また、この平岡について、飛田穂洲《とびたすいしゅう》【注4】『野球人国記』は「平岡氏の野球は米國遊學中に就業されたもので、ニューヨークダイヤモンドグラ（＊ウ）ンドにおいて米國人に伍して競技したといはれ、當時の權威者であつた。氏は新橋に奉職すると共に、その廣漠たる荒地《くわうち》をならし、同僚や青年職工達を糾合して一のチームを造り、これに新橋倶樂部と命名し、米國より購《あがな》い歸つた器具を使用してその鼓吹に努めた。されば平岡氏の率いる新橋倶樂部は遙かに學生野球の上に出で學生達は好んで新橋に出入し、技術規則等の示教を仰ぎ只管《ひたすら》新橋において賞賛されんことを念とした。」（4―5頁）と述べている。

さらに、「平岡は、フランネルのユニフォームや帽子を作って、毎日午後になると夕方まで練習を行った。

写真５　日本で最初のベースボール・クラブ「新橋倶楽部」の明治13年頃のメンバー
―写真の説明文にもある様に「中央でバットを持っているのが平岡凞（ひろし）部長」
〈出所：庄野義信編著『六大学野球全集（上巻）』改造社（1981）９頁〉

これらのユニフォームはいずれも平岡がアメリカで見た通りのものを註文して作らせたので、当時としては、余程進歩したものであった。」（『慶應義塾野球部百年史（上巻）』（1頁）そうである。

当時の「新橋倶楽部」について、『前掲百年史（上巻）』には次のとおり書かれている。

「ボールやバットなどは平岡がアメリカから取寄せ本塁などは今日のようなゴム製であった。しかしまだ野球は素手で行う時代でミットはなく、捕手は今の位置から一、二間後に構えて、投手からの投球はワンバウンドで取るのであった。投手は今日と違って打たせるような投球を要求されたから、一試合が午前十時に始まって夕方終了したり、九〇対七〇といったスコアの時代であった。（略）平岡が慶應の連中も連れて来いというので、（略）新橋クラブへ行き、平岡のベースボールを習った。」（２頁）

ちなみに、平岡は１９５９（昭和34）年に「野球殿堂」入りしている。この平岡の「野球殿堂」入りについて、野球体育博物館編『野球殿堂２０１２』には「１８７６年にベースボール術を持ち帰り、普及させた元祖。１８７８年、（略）わが国初の野球チーム『新橋アスレチック倶楽部』を結成。日本で初めてのユニフォームを作製したと言われる。剣道の道具屋で捕手のマスクも作った。アメリカの運動具商スポルディング社に交渉して野球用具とルールブックの寄贈を受け、１８８２年、東京・新橋（品川の八ッ山という説もある）【注5】に初の野球場を造成、学校チームを指導。日本で初めてカーブを投げた投手としても知られ、『カーブは卑怯か否か』という論争を巻き起こした。」（8頁）と書かれている。

この様に、（伝来して間もない当時の）ベースボール界を牽引して来た平岡凞であったが、「明治二十年に、新橋倶樂部の部長平岡凞《ひろし》氏が其職を辭《じ》したので、俄然同クラブの勢力は地に墜《お》ちてしまった。その極《きょく》明治二十三年に至つて解散と云うことになつてしまつた。新橋クラブの殘黨《さんとう》は赤坂、溜池《ためいけ》、東京の諸クラブに加入し、倶樂部チームは結束して学校チームに當《あた》ることゝなつた。」（横井春野【注6】『日本野球戦史』17頁）ということである。

ところで、「（＊子規は）明治十六年秋から十七年夏にかけて叔父藤野漸《すすむ》方に寄宿していた。当時子規の世話をやいた叔母磯子が、後年、その頃の思い出を極堂に語った」ところによれば、子規は野球に凝っていて、「新橋の鉄道局辺にグラウンドがあるとか言つて出掛けました。平岡といふ鉄道に関した人が宅の主人の謡ひの友達であつた因（よし）みで、其の平岡の子息さんと野球をやるやうになつたらしいのです。けふは練習が遅くなつて、歩いて帰るひまが無かつたから、とよく車賃をねだられました。」（城井睦夫『正岡子規とベースボールに賭けたその生涯』75頁）ということである。

この（明治17年）頃の子規は、早く上手になりたいと、新橋（の野球場）に出向き、平岡から直接指導を受けるなどして、ベースボール術習得に大いに意欲を沸かしていたのである。

（6）小説『ノボさん』に見る「べーすぼーる」

２０１３年11月、伊集院静著『ノボさん　小説 正岡子規と夏目漱石』（講談社）が出版された。著者は、丁度この頃、「子規とベースボール」に関する研究を進めていたときであり、大いに興味を持って『ノボさん』を読んだ。

『ノボさん』には、「子規とベースボール」に関して語られた箇所がかなり多くあり、例えば「子規が明治20年9月のある日、新橋倶楽部に行ったときの練習の様子」（8―15頁）や、「第一高等中学校本科でのベースボール指導の様子」（１１０―１１３頁）、「明治22年夏、子規が松山にボールとバットを持ち帰り、河東碧梧桐（秉五郎）にベースボールを指南した様子」（１６７―１７６頁）、「ベースボール短歌」（３３５―３３６頁）等が大変面白く語られていた。

中でも、新橋倶楽部での練習は、子規が（新橋倶楽部部長）平岡凞のバッティング投手を務めたり、ピッチャー平岡の（投げるカーブを受ける）キャッチャーを務めるという話が、臨場感たっぷりに描き出されており、読んでいて大変面白かった。

ただ、読んでいる中で、引っかかる（疑問に思う）箇所が数カ所あったので、以下、二・三そのことに触れておくことにする。

まず、「子規はプレートが埋め込んであるピッチャーの定位置に行った。」（10頁）【著者傍線】とあるが、先の（3）の「引用文」に書かれているとおり、当時は、まだ「プレート」は使用されておらず、使用されていたのは「ピッチャー・ボックス」であった。

このことに関して、明治26（１８９３）年に慶應義塾に入学し、翌年、正選手になった平沼亮三『慶應義塾野球部百年史（上巻）』は、当時「ピッチャーボックスというものがあり、その中から投げなければならない。そこから外に出て投げるとボークになったが、そのやり方は長いことつづいた。投手ボックスがプレートになってから、はじめはプレートの後から投げて、踏み出した足がプレートを踏むようにやっていた。」（３頁）と述懐している。

否、アメリカの情報（ルール）をいち早く取り入れていた平岡（新橋倶楽部）であるので、アメリカではすでに（ピッチャー）プレートを使用していたのではなかろうかと思い、調べたところ、アメリカでのピッチャーボックスの使用は、１８６３年から１８９２（明治25）年のことであり、その後、プレートが採用された様である【資料３参照】。よって、『ノボさん』に出てくる明治20（１８８７）年に「プレート」が使用されていたというのは、やはり、明らかな間違いである。

そこで、日本の場合であるが、先の平沼亮三の証言はあるものの、ピッチャーボックスがいつからいつまで使用されたのか、またいつからプレートに変ったのかが明確でない。ただ、先の平沼の証言から推測すると、日本でのプレートの使用は、明治30（１８９７）年以降であったと思われる。

次に、『ノボさん』の中で、「平岡が投げるカーブを面喰いながら捕球する子規（とのやりとり）」の部分は、特に興味深いものであったので、ここに引用しておく。

『おーい正岡君』

この日の練習が終る頃、平岡凞が子規を呼んだ。

『実は正岡君、新しいボールを試してみたいんだ。』

（略）

（略）

平岡が大きく腕を回して投げた。

あれっ、子規はちいさく声を上げてミットを斜め下にずらすようにしたがボールはミットの土手に当たってこぼれた。

『なんじゃ今のボールは？』

（略）

『もういっぺん投げてもらえますかいのう』

平岡はうなずいて、今度はさっきより慎重に投げた。

子規はそのボールを捕りこぼした。

（略）

『今、ボールが蝶々《ちょうちょう》みたいにあしのミットをよけよったぞなもし』

（略）

『もういっぺん、投げておくれや』

次のボールは何とか捕球した。数球投げるうちに子規はそのボールをちゃんと捕球しはじめた。

（略）

『いや、たまげたボールぞなもし』

子規が言うと、平岡がボールを握って言った。

『アメリカでは投手がこのボールを投げているそうです。カーブというそうです。ほら、こうしてボールを握って投げると今のようになるんです。』

（略）

子規は平岡からボールをもらい自分でもその握りを試してみた。」（14—15頁）

もしも、このような文章（資料）が明治時代に書かれており、それが今に残されていたならば、当時のベースボールの様子は、一読の下に瞭然となるのであるが、残念ながら、これは現在の小説での話（物語）である。

ところで、明治20年頃、子規がベースボールに熱中していたのは確かであるが、『ノボさん』（11頁）に書かれているとおり、子規が「時間があれば毎日、このグラウンドに通い、夕刻、ボールが見えなくなるまでグラウンドに立っていた」（11頁）というのは、本当であろうか。子規は、明治17（１８８５）年、予備門に入学し、大学の講義やベースボール会の練習、寄席等にも通い多忙だったので、明治20（１８８８）年9月に至るまで、毎日の様に新橋倶楽部の「野球場（グラウンド）」に通うことは、とてもできなかったはずである。

さらに、疑問に思うのは、明治20年9月と言えば、先の（5）で述べたとおり、新橋倶楽部の部長平岡は、鉄道局をすでに退職している。そして、（間もなく）新橋の野球場（グラウンド）には鉄道が敷設されるとともに、倶楽部は衰退していき、ついに明治23年には解散するのであるが、そんな状況の中で、果たして、倶楽部の練習が盛んに行われていたり、平岡と子規との投球練習までもが実現したであろうかということである。

なお、新橋の野球場は使えなくなったとしても、品川（八ッ山下）に新たに造られた野球場（「保健場」【注5】参照）があるではないかとも考えられるが、先の（5）において、子規の叔母の磯子が語っていたとおり、子規が通ったのは新橋の野球場であり、子規が品川まで通ったという記述は（他にも）ない。

さらにもう一つ、平岡と子規のキャッチボールでは「平岡が投げるカーブを、（当時、素手で、ワンバウンド捕球していたはずのキャッチャー）子規が、いきなり（使ったこともないと思われる）ミットで捕球した」というのは、信じられないことであり、あり得ないことであろう。

いずれにしても、もしも、こういった話が（事実として）信じられたり、伝えられたりしたら、とても恐ろしい気がする。『ノボさん』には、著者が疑問に思う点はまだ他にもあるが、本項は、決して小説『ノボさん』を批判するために設けたものではないので、このくらいにしておきたいと思う。

ここで一つ付け加えておきたいことは、この小説『ノボさん』では「ベースボール」ではなく、「べーすぼーる」（という「ひらかな」）が使われているということである。これは、著者（伊集院氏）が『校友会雑誌号外（一高野球部史）』（明治二十八年二月二十二日発行）を参考にしたからであろう。『前掲部史』本文中においては、

「べーすぼーるがいど」（53頁）、「べーすぼーる規則」（56頁）、「べーすらんなー」（58頁）等、カタカナのベースボールではなく、ひらかなが使われている。

（7）平岡（投手）のカーブ（論争）

先の（5）で触れたとおり、平岡は「日本で初のカーブを投げた投手」と言われている。このことについて、以下述べておきたい。

この平岡のカーブについて、横井春野『日本野球戦史』は「明治二十年以前の投手は悉《ことごと》く直球のみを投げてゐた。当時日本でカーヴを出し得る人は平岡氏のみであつたが、氏は『一子相傳《しそうでん》虎《とら》の巻《まき》』として何人にも傳授《でんじゅ》しない。氏は、『野球技に熟達しない者がカーヴを稽古《けいこ》することは弊害があるから』と云つて如何なる人の願ひをもうけつけない。樺山愛輔《かばやまあいすけ》氏や市川延次郎《いちかわえんじろう》氏は、之を無念と思ひ、苦心努力したが成功しなかつた。」（19—20頁）と述べている。また、平岡のカーブについては、当時、論争があったと言われているが、これについては、国民新聞社運動部編『日本野球史』が、次のとおり書いている。

「新橋倶楽部は平岡氏の独裁で主将たり監督たりコーチャーであった。彼は試合の折主として投手の重任を引き受けていたが、時とするとカーヴを投げて打者の目を眩惑せしめた。いや打者よりも捕手が面喰った。（略）その頃の野球は（略）打者の註文するところへ、即ち打者の最も好きなところへ投げるのだから何とかして打たせようというのであった。すると、平岡氏の投球は打者の註文の如く胸を通されるのであるが、球が急回転して来るので打てない。そこで打者からまず抗議が出た。『あれは違法だ』『どうして』『球は常に一定の速力で投げるべきに、かくも不思議な投げ方はない』『あれはアメリカで行われているカーヴという投球法さ』『いや、切支丹バテレン式の魔法だろう。小手先でなんとか誤魔化して』『野球の深奥を極めた時始めて梧道徹底してその多変万化の不可思議を会得することが出来るのです。（略）』『でもこの魔球を投げると打てない』（略）若い選手、（略）感心するものもあったが憤慨する者もあった。どうして球がまがるのか、どんな投げ方をするのか、平岡氏の右手、分けてその指に対して多くの疑念と注意が集められた。」（『前掲書』18―19頁）

ところで、「当時の投球は未だアンダースロー一点張りでオーバースローで投げるのは平岡氏一人であったが、彼もそれを危険として普通は下手投げであった。カーブも勿論その下手投げによって出されたのである。」（19頁）ということであるが、これについては、飛田穂洲『野球人国記』が「明治二十二年以前の野球にありては、僅かに新橋倶樂部の平岡氏が、カーヴを投げたといはれるけれども、後進《こうしん》に傳へなかつたところを見れば、或《ある》は實際《じっさい》にこれを用いる程度ではなかつたのかも知れない。」（18頁）と述べており、平岡のカーブの威力に疑念を抱いている。

以上、「平岡（投手）のカーブ（論争）」について述べたが、この平岡のカーブを含めた「日本のカーブの始まりと広がり」については、第６章２（２）・（３）において、改めて述べることになる。

第2章　子規とベースボールとの出合い、取り組み

1　子規とベースボールとの出合い

子規は慶応３（１８６７）年、愛媛県伊予温泉郡藤原新町（現松山市花園町）で生まれた。父は松山藩士正岡常尚《つねなお》、母は（名教館教授）大原有恒（観山）の長女八重である。本名は「常規《つねのり》」、幼名は「處之助《ところのすけ》」であり、4・5歳になって「升《のぼる》」と改められた。

ちなみに、「子規」と号する様になったのは、明治22（１８８９）年5月9日夜の（二度めの）喀血後からであり、「子規」とは〝ほととぎす〟のことである。「『ほととぎす』は『啼いて血を吐く』といわれるように、激しく啼く様子から肺病の象徴となっている。」（土井中『前掲書』70頁）

小さい頃の子規は、凧を揚げたり、独楽《こま》を回したりすることが苦手であったし、縄跳びや鬼ごっこ、水泳など、あまりやらず、むしろ家にいて、本を読む方が好きであった。「幼い処《ところ》さんは、のちの子規のボス

的イメージとはちがって、意気地なしで、弱虫の泣き虫で、ひっこみじあんで、ぐずで、なんともふがいない男の子でした。（略）青びょうたんとからかわれました。」（楠木しげお『正岡子規ものがたり』７―８頁）という具合であった。

また、粟津則雄『正岡子規』も、幼いときの子規について次のとおり述べている。

「母親や妹などの思い出に共通して見られるのは、人と争うことを好まぬ。無器用で内向的な少年としての子規である。彼女たちの回想によれば、おさない子規は『へぼでへぼで弱味噌』で、友達にいじめられては逃げ戻り、能の鼓や太鼓の音にさえおびえて（略）いたということだ。『手もえつぽど鈍で』、凧あげや独楽まわしも出来ず、縄とびや鬼ごっこの仲間に入ることも出来なかったということだ。」（『前掲書』７頁）

さらに、明治14（１８８１）年、15歳の子規と知り合った友人柳原極堂が、その頃の子規について、次の様に言っていると、粟津『前掲書』は紹介している。

「顔色は青白くポツテリとふくらみ、肉づきはよくてシカモ筋肉が引締つてゐず、何となく女の肌合みたやうな感があり、物静に取りすまして落ち付き、表情の少い真面目くさつたところは子供らしくなくて余り大人びてゐた感がした。」（９頁）

この様な幼少年期の子規であったので、将来、子規がベースボールに熱中することになろうとは、誰が想像できたであろうか。

しかし、いっぽうにおいては、子規の（ベースボールにつながる）こんな事実もある。

和田茂樹『子規の素顔』によると、子規は10歳頃「外来の新運動競技のうち、（略）正月に二組にわかれて、『橙投《だいだい》げ』をした。明治29年思い出して『正月や橙投げる屋敷町』（「寒山落木」二十九年度）の句を詠み、橙をボールとして両軍に分かれて投げ合い、落とした方が負け、また限定した枠内には投げ入れぬ（？）と負けなどのルールを作って遊んだ。」（372頁）そうである。この点、平出隆『ベースボールの詩学』も「子規のベースボールは、遠く、故郷・松山に伝わる正月の子供の遊び『橙投げ』に発するという説がある。」（162頁）と述べている。

いずれにしても、「投げる・捕る（キャッチボール形式）」や「ねらった枠内に投げ入れる」という小さいときの経験が、（子規を）ベースボールに駆りたてさせたのかも知れないし、子規が投手・捕手というポジションをこなすことができたのも、案外、幼少期の『橙投げ』の経験（による神経回路づくり）があったからかも知れない。

子規は16歳（明治16年）のときに、松山中学（旧制愛媛一中、現松山東高）【注7】を中退して上京し、受験勉強のために共立《きょうりゅう》学校（現開成高校）に入学する。そして、翌明治17（1884）年9月、大学予備門（写真6）の試験に（思いがけず）合格し【注8】、予科に入学する。

子規がベースボールに出合い、本格的にベースボールを始めるのは、予備門入学後からであったと思われ

写真６　東京大学予備門と東大法・理・文三学部の正門（神田一ッ橋通り）（明治 23 年頃）

〈出所：人と文学シリーズ『夏目漱石』学習研究社（1979）126 頁〉

る。ただし、子規は上京して松山藩の長屋（＊旧久松邸の書生小屋）に住んだとき（明治16年６月）、「藩の長屋に住む書生中、最もよく打ったのは子規だった。」（和田『前掲書』３７３頁）と書かれていることからすると、子規は予備門入学前において、すでにバッティングを経験していたということになる。

そして、子規が大学予備門に入学した頃には、すでにベースボールは行われていたので、子規は入学してから、本格的にベースボールを行うことになったと考えられる。また、同年、ベースボール（術）の指導を受けるために、新橋倶楽部（の平岡）を訪ねたことについては、第1章２（５）においてすでに述べたとおりである。

平出『前掲書』は「子規がベースボールに興味をもちはじめたのは明治十八年、一八八五年のことらしい。」（１６４頁）と述べているが、さらに柴田宵曲『評伝正岡子規』は、その頃の子規（の学生生活）の様子を次のとおり述べている。

「学校における居士は決して勤勉な学生ではなかった。業余の時間は雑書の雑読や寄席行《よせゆき》に費されたのみならず、ベースボールの練習に費された。この新しい競技は当時の居士の興味を刺激したものと見えて、後年一橋《ひとつばし》外の高等中学宿舎―大学予備門は明治十九年に高等中学校と改称された―にいた頃のことを回想して、『バット一本球一個を生命の如くに思ひ居りし時なり』といっている。」（『前掲書』26頁）

そして、やがて、子規が「ボール狂」になろうとしている頃のエピソードを、柳原極堂【注9】『友人子規』が「子規の下宿がへに就いて」の中で次のとおり述べていることを、城井睦夫『正岡子規ベースボールに賭けたその生涯』は紹介している。

「ベースボールが大学予備門に伝はつて居士等が、これに熱中しはじめたるも十八年のことである。学校から帰つて来ると室内を騒ぎまはり或いは手を挙げて高く飛び上がつたり又は手をささげて低く体を落とすなどいろいろの格行をするものから升《のぼる》さん君は何のまねをしてゐるのかと訊くと、これはベースボールと云う遊戯の球の受け方、練習なのだトテモ面白いよ君一度学校へ見に来給へなど言つてゐた。其後二三の人が尋ねて来て競技の役割りなどを打ち合はせて帰つたのも覚えてゐる。」（『前掲書』79頁）

右引用文における子規の動作は、いわゆる「模倣練習（ドリル）」であり、「学校での練習にはげんだ子規は、下宿での起居の間も、ベースボールの技をみがいたのである。」（80頁）

ところで、子規が、なぜ、こんなにも、ベースボールに嵌っていったのであろうか。このことについて、末延芳晴『正岡子規、従軍す』は「（＊子規は）東京に出てきてからは、テニスや陸上競技など西洋伝来の近代スポーツに触れることになるものの、基本的に体力勝負の個人競技には関心を示していない。」その理由は「第一には学業面で感じていた劣等感を運動の面で解消したいと思っていたからであり、もう一つに野球が、体力の優劣だけでは勝負が決まらない複雑さを持った運動競技であり、身体劣弱な子規もそこに参加し、自己の技能を十分に発揮することが可能であったという意味で、自由に開かれた運動競技であったからである。」（55―56頁）と述べている。

この頃、「明治19年1月30日、子規ら7名は、『七変人評論』を作成。『七変人遊戯競』中、子規はベースボールを『弄球《ろうきゅう》』と翻訳し、西方大関に秋山眞之、東方関脇に正岡常規（子規）、行司（下手）に清水則遠などを記している。」（和田茂樹『前掲書』３７３頁）が、このことから察すると、子規のベースボール術は、かなり優れていたということであろう。

この点、子規は「西洋のものなら何でも食いついてやろうという、当時の青年たちの気持ちが、ベースボールをいっそうさかんなものにした。子規も当時の例外ではなかった。大学予備門に入学すると、さっそくベースボールのとりこになった。（略）生来、何ごとに対しても、興《きょう》に乗ると徹底的《てっていてき》になるという性格であったから、上達もはやかった。」（松山市教育委員会編『伝記正岡子規』78―79頁）ということである。

なお、子規自身（『松蘿玉液』）によると、「明治十八、九年来の記憶に拠れば予備門または高等中学校は時々工部大学、駒場農学と仕合ひたることもあり。また新橋組と工部と仕合したることもありしか。その後青山英和学校も仕合に出掛けたることもありしかど年代は忘れたり。」（34頁）と回想している。

2　ベースボールに熱中する子規

(1) 子規はキャッチャーが得意

子規は明治20（１８８７）年、『筆まかせ』「愉快」に、「十二月廿五日のことなりけん（略）正午に学校の寄宿舎に帰ればはやベース、ボール大会の用意最中なり　余もいつになく勇みたちて身軽のこしらへにて戦場へくり出すに　いとも晴れわたりたるあたたかき日なりければ　駒の足もイヤ人の足も進みがちなり　この日余ハ白軍の catcher をつとめ　菊池仙湖は pitcher の役なりしが　余の方は終《つい》にまけとなれり　それにもかかわらず仙湖と余とは perfect をやりしかばうれしさも一方ならず（略）」（『筆まかせ抄』30頁）と書いている。

ここで言う「パーフェクト（perfect）」とは、今の「完全試合」という意味ではなく、自分のポジションを最後までやり通したという意味であろう。子規にとって、この「パーフェクトをやった（うれしさの）」体験は、（以降）子規がキャッチャーを得意としてやっていく上で、また正捕手のポジションを得る上で、大きなきっかけになったと考えられる。明治21（１８８８）年、子規は『筆まかせ（抄）』に「Base-ball」を取り上げ、運動となるべき遊技は多くあるが、「愉快とよばしむる者ただ一ッあり、ベース、ボールなり」（43頁）と述べ、さらに次のとおり述べている。

「凡《およ》そ遊戯といへども趣向《プリンシプル》簡単なれば　それだけ興味薄く。さりとて囲碁《いご》、将棋《しょうぎ》の如きは精神を過度に費し　且ツ運動にならねば遊技とはいひがたし　運動にもなり　しかも趣向の複雑したるはベース、ボールなり　人数よりいふてもベース、ボールは十八人を要し　随《したがつ》て戦争の烈しきことローン、テニスの比にあらず　二町四方の間は弾丸は縦横無尽に飛びめぐり　攻め手はこれにつれて戦場を馳《は》せまわり　防ぎ手は投げ返しおつかけなどし　あるは要害をくひとめて敵を虜《とりこ》にし弾丸を受けて敵を殺し　あるは不意を討ち　あるは挟《はさ》み撃《うち》し　あるは戦場までこぬうちにやみ討ちにあふも少なからず　実際の戦争は危険多くして損失夥《おびただ》し　ベース、ボールほど愉快にてみちたる戦争はほかになかるべし（略）」（『前掲書』43頁）

この引用文からは、ベースボールが楽しくてしょうがなく、それをやるのが待ち遠しくて仕方ないという子規の心情がうかがえよう。

（2）子規、「喀血」後もプレーする

子規が初めて（肺結核による）「喀血」をしたのは、明治21（１８８８）年8月、鎌倉へ小旅行したときであった。「このときは喉を傷めただけと思ったらしいが、翌年五月肺結核と診断される。」（長谷川櫂『子規の宇宙』45頁）そして、明治22（１８８９）年5月9日にも再度大量の喀血をする。このときは「午前中、医師に肺病との診断を受けた翌十日の深夜、再び喀血した。喀血は一回に一〇〇ccほどで、一週間続いた。」（関川夏央『子規最後の八年』11頁）そうである。

この様に、子規の喀血は、子規がベースボールに夢中であった明治21・22（１８８８・１８８９）年と同時期にあたるが、子規は安静にすることなく、むしろ率先して盛んにベースボールに興じたのである。

明治22（１８８９）年7月、子規は療養のために松山に帰省する。そのときに書いた『子規子』戯文（閻魔大王と子規の対談「締結始末」）は「たとえ、死んでも、ベースボールがやりたい」という切なる心境を、次のとおり書いている。

「被告『（散歩や運動は）きらひですが　ベース・ボールといふ遊技だけは通例の人間よりもすきで　餓鬼になってもやらうと思っています　地獄にも矢張広い場所がありますか伺い度ございます』

赤鬼『あるともくそんなにすきなら其方が来た時に鬼に命せて其方を球にして鉄棒で打たせてやらう』

被告『へ……これは御笑談者　鬼に鉄棒　成程これは　へ…』（略）」（和田茂樹『子規の素顔』１６７―１６８頁）

平出隆『ベースボールの詩学』はこの頃の子規について、「明治二十三年にかけて彼のボール熱は、身体の危機とのあいだの微妙なバランスの上にあった。柳原極堂はそこを語って『正に結核患者と烙印されて病余の保養にも相当尽くしてゐた時であるから、普通ならば病人らしく万事にふるまっていなければならぬ筈だが、居士はこれに反して余りに無頓着すぎると我々に感じせしめる様な体力の濫費を敢てし、ベースボールの如き競技にも平気でこれに加るのであった。』」（１７６頁）と述べているが、この頃の子規の心境としては「たとえ、死んでも、ベースボールをやりたい」ほど、ベースボールを熱愛していたのである。

（3）子規、常盤会寄宿舎に「ボール会」を設立

子規が、明治22年５月に「喀血」したことについては、先の（2）で述べたとおりであるが、その年も相変わらずベースボールを行っており、同年11月30日には「子規、第一高等中学校のベースボール大会に参加」（和田茂樹編『漱石・子規往復書簡集』13頁）している。そして、12月には、常盤会寄宿舎（写真７）に「ボール会」を設立させている。子規は、この「ボール会」のメンバー集めに苦労した様であり、そのときの様子を「常盤会寄宿舎の遊戯」（『筆まかせ』明治23年）に、次のとおり書かれていると、柳原極堂『友人子規』は紹介している。

「常磐会寄宿舎は一昨年頃以来、鐵棒、高飛、棹飛抔の遊戯盛にして余等勝田氏と時々『ボール』を以て遊びしかども、常に他の遊戯のために制せられたり。然るに昨年の夏竹村氏も亦寄宿せしかば、こゝに『ボール』に一人を加へしが、『ボール』は追々に盛大になるの傾きあり。一人引き込み二人引きこ（＊込）み、終に昨年節季に至ては二十人程の仲間を生ずるに至り

写真７　常盤会寄宿舎全景（本郷真砂町）

―寄宿舎は食堂や賄い室など大小14・5の部屋があった
〈出所：中村英利子編著『漱石と松山』アトラス出版（2005）９頁〉

しかば一の『ボール』會を設立し、上野公園博物館横の空地に於て二度ばかりベースボールを行ひしことありたりき。」（『前掲書』３６５―３６６頁）

この「ボール会」設立については、右引用文にもあるとおり、子規の働きが大きかったそうで、「子規が音頭をとり寄宿生を糾合して『ボール会』を設立、上野公園【注10】や隅田川河畔でベースボール大会を催した。二チーム二十人ほど、寄宿舎生が四十数人であったから、その半数近くを組織し得たのは『内弁慶』のうらみはあるにせよ、やはり、『親分肌』の子規の力量であった。」（関川夏央『前掲書』13頁）ということである。

そして、「ボール会」設立後の練習については、明治24年3月、松山中学を中途退学して（一高受験準備のため）上京し、この常盤会寄宿舎に（8月まで）入舎していたことのある河東碧梧桐『子規を語る』は、「寄宿舎のすぐ近くに、梅毒病院の原といった広場があった。舎生の野球好きは大抵毎日この原へ、バットとボールを持ち出してノックをやった。私も（略）その仲間に加わった。」（45頁）と述べている。

ところで、「ボール会」第四回大会（試合）は、明治23（１８９０）年3月21日に行われているが、子規はこの試合の「勝負附」（スコアシート）（表2）を書き残している。この「ベースボール勝負附」（『子規全集』第11巻）によると、白軍は佃がピッチャー、勝田がキャッチャーをやり、赤軍は竹村がピッチャー、正岡（子規）がキャッチャーをやっている（３７４頁）。どうやら、これが、子規のプレーヤーとしての最後の試合であったと思われる。

しかしながら、表2の「勝負附」は、どう見ても容易に理解できそうもない。よって、この「勝負附」の解明（の試み）については、改めて、第5章１において述べることとしたい。

表2　子規が記した「ベースボール勝負附」

○ベースボール勝負附

三月二十一日午後、上野公園博物館横空地に於て興行せし球戯の番附は、

白

勝田	C	○…○…1st…1st
佃	P	○…1st…○
渡部	S	1st…×…Fo
吉田	1st	S…×…○
土居	2d	1st…×…S
河東	3rd	…1st…S…×
伊藤	R	…L…×…1st
山崎	Ce	…1st…1st…×
山内	L	…×…×…S
横山		…○…○…×

赤

正岡	C	○…○…S…○…Fo…Fo
竹村	P	○…○…Fo…○…○…Fo
寒川	S	S…○…○…○…○…1st
小崎	1st	Fo…S…○…○…○…○
高市	2d	×…×…×…×…S…1st
五百木	3d	…×…1st…S…S…S
大原	R	…1st…×…Fo Fo…×
山川	Ce	…○…○…○…○…○
新海	L	…×…×…○…○…S

〈出所：『子規全集（第11巻）』改造社（1930）374頁〉

（4）プレーヤーから遠ざかる子規

子規の「ユニフォーム姿の写真」（写真8）は、明治23（1890）年3月、写真館で撮影したものである。この写真については「この年四月はじめ、大谷是空（写真9）に宛てた書簡につけて送ったもので『恋知らぬ猫のふり也球あそび　野球《ノボール》拝』と結んでいる。」（『新潮日本文学アルバム正岡子規』23頁）

ところで、写真を撮った日時が不明なのであるが、ユニフォーム姿であることから、もしかすると、「第4回寄宿舎ベースボール試合（3月21日）」当日に撮ったのかも知れない。

柴田宵曲『評伝正岡子規』が「居士が運動服にボールとバットを携えた写真を大谷是空氏に贈ったのはこの頃の話であるが、決して殊更にああいう恰好をしたのではない。野球選手として活躍するだけの余力を、

写真８　バットとボールを手にユニフォーム姿の正岡子規（明治 23 年 3 月）

―この年、4 月初め、大谷是空宛書簡につけて送ったもので、「恋知らぬ猫のふり也球あそび　野球拝」と結んでいる
〈出所：正岡子規・粟津則雄編『筆まかせ抄』岩波書店（1985）〉

一面にはまだ有していたのである。」（43頁）と述べているとおり、子規は21歳のときに、初の「喀血（肺結核に罹患）」をするが、この頃（明治23年）までは、まだ元気であったということであろう。しかし、当時、結核に罹ったら命を失う時代、子規は間もなく大好きなベースボールができなくなることを予感しつつ、（記念に）この写真を撮ったのではなかろうかと思われる。

明治23（１８９０）年5月17日（7月卒業の2カ月前）、「子規は、明治学院と第一高等中学校との試合を観戦している。この試合では、子規の友人である一高の岩岡がピッチャーを務めたが試合に敗れ、〝失望した〟と記録に残している。」また、子規がこの試合に出場していないのは「結核と診断され」、「もはや学校チームのために、プレーすることができなくなった」（Heuvel, C and Nanae Tamura『Baseball Haiku』 p.20）からである。これに関して、君島一郎【注11】『日本野球創世記』は「子規の（試合に出場できない）無念さ」について、次のとおり述べている。

「子規にとってこのマッチは彼の同輩達がやったのである。（略）彼と交互にピッチとキャッチャーたりという岩岡保作が一中のピッチャーだったのである。切歯扼腕《せっしやくわん》、おれが出たらと思ったことであろう。彼が選手として出場しなかったのは、既に健康を害しており、前年の二十二年九月に『啼血始末』というのを書いている。」（『前掲書』75―76頁）

写真９　学生時代の正岡子規と中村是空（明治 20 年 11 月 12 日）

―写真８のコメント参照、浅草で写した写真
〈出所：新潮日本文学アルバム『正岡子規』新潮社（2005）23 頁〉

さらに、島田明『明治維新と日米野球史』は「子規が入学した大学予備門は、明治19年６月に第一高等中学と校名が変ります。これが第一高等学校（一高）の前身です。子規は第一高等中学（一中）でベースボール倶楽部（＊会）に入り、

面白さに取り付かれたのです。ポジションは投手または捕手でした。」（63頁）と述べているとおり、本来なら、子規はキャッチャーで出場するところであったと思われるが、残念ながら、すでにこのときには、ベースボール倶楽部（会）を辞めていたのである。

いずれにしても、子規はこのときには、すでに、現役プレーヤーから退いていたのであるが、（先に述べたとおり）明治24年春上京し、常磐会宿舎に一時入舎したことのある河東碧梧桐は、プレーヤーとしての子規の衰えを見届けている。（明治22年、子規からベースボールを指南された）碧梧桐『子規を語る』が「寄宿舎生活」の中で、次のとおり述べていることを、柳原極堂『友人子規』は紹介している。

「けふは珍しく元老が出かけるさうな、という元老の一人に子規も加はつてゐた。私は球をうける散兵線の中に加つて原の一方の隅に立つてゐた。一通り打順の濟んだあとで、子規が打方に立つた。イヨーなどと囃《はや》す聲も聞えた。二つ三つ打つてる間に、どうしてか空ばかり打つやうになつた。バットを十ぺん振つて、やつと一つあたる位だつた。上着を肌蛻ぎにした、真白いシヤツ、私の目にも何かを暗示するやうに沁み込むのだつた。空を打つバットを氣にもしないで、元氣よく振り廻す力強さが、私自身をきまりわるがらせた。と同時に子規に對する氣の毒さに湧いた。私達が顔や手を洗つて部屋に歸つた頃、子規は私の部屋で兄（＊竹村鍛）と話してゐた。まだ肌も入れない、シヤツのまゝで敷居に腰かけるやうにしてゐた。乳のあたりに刷毛で刷いたやうに赭土《あかつち》の泥がついてゐた。

『馬鹿にくたびれたかい、バツトがあたらないと、一層くたびれるやうぢやナ。しばらくやらないと、ちよつとした呼吸を忘れる……恐ろしいもんぢやナ。』

子規がこんな事を言つてゐるのを小耳にはさみながら、けふに限つて血の氣のない、艶のない、蒼ざめた其の顔をぬすみ〳〵見てゐた。顎の關節のところが、お能の面のやうに刻み出されてゐるのでもあつた。」（柳原『前掲書』３７０—３７１頁）、（碧梧桐『前掲書』45—46頁）

こうして、子規は「肺結核」という（当時）不治の病がもとで、あれほど熱中していたベースボール（プレーヤー）から完全に離れていったのである。実に、子規の無念さが想像される。

結局、子規は21歳で結核（初の喀血）に罹り、当初はまだ元気であったにしろ、以降14年間は病気（肺結核・脊椎カリエス）とともに生きていくことになる。このことについて、細谷喨々『正岡子規の世界』「子規と病気」は、「手術を含め治療の手立ては何もなかった時代、子規が十四年間、頑張ることのできた理由は、食い意地とユーモア、それにスポーツ（野球）、文学への熱い思いと友情厚き友人の存在のように思える。」（１４１頁）【著者傍線】と述べており、子規が長年にわたって、苦しい病気との闘いに堪えることができた理由の一つに「ベースボール（野球）」を上げている。

3　子規、「インブリー事件」試合を観戦

先の２（４）で述べたとおり、子規は、明治23（１８９０）年5月17日に行われた試合を観戦している。実は、この試合は「インブリー事件」として大きな問題となった試合だったのである。この「インブリー事件」試合について、子規が次の様な手記を残していることを、君島一郎『日本野球創世記』が紹介している。

「十八日（＊十七日）学校（第一高等中学校）と明治学院とのベースボール・マッチがありと聞きて往きて観る。（略）第四イニングの終りに学校はすでに十余ほどまけたり。そのまけ方は見苦しきに至りなり。折から明治学院の教師インブリー氏学校の垣をこえて入り来りしかば、校生大いに怒り之を打擲して負傷せしめたり（略）」（『前掲書』75頁）【＊君島訂正】

また、この「インブリー事件」については、当時、横浜の外字新聞などが批判し騒ぎとなった。その後書かれた多くの文献もこの「事件」について触れている。例えば『野球年鑑（大正五年）』には、次のとおり書かれている。

「此日一高勢振はず、六回迄に六點を打勝たれ居たので、偶《たまく》同日開かれたる柔道大會に出場した猛者《もさ》共、何《いずれ》も稽古着の儘《まま》で見物場に満ち、切歯扼腕《せっしやくわん》大に一高勢の腐甲斐なさに憤慨して居る際、一大洋漢が校垣《こうえん》を越えて場内に闖入《ちんにゅふ》するのを認めた。少し自棄《やけ》氣味の連は、直に洋漢を取圍んでその無禮《ぶれい》を詰責し、言語の十分に通ぜざる結果氣早の一人、石を投げて顔を傷つけた。此洋漢は米國神學博士インブリー氏と云つて、明治學院に教鞭を取れる人であつたが、温和な人と見えて、自らも垣を越して這入つた罪を謝し、問題は漸《ようや》く落着した。この爲試合は滅茶《めちゃ》々《く》となつて中止するも止むなきに至つたのであるが、南風競はず、一高の敗は當然免る事が出來なかつたらしい。」（『前掲書』64頁）

さらに、この「インブリー事件」（の経過）について、飛田穂洲『野球人国記』は「平岡氏（＊弟の寅之助）判定の下《もと》に午後一時に開戦された。第一回白金（＊明治学院）は二點を得、一中はゼロ、初戦既に一中の旗色非なるものがあつた。殊に一中の勇將岩岡保作前日肩を痛めて投球意の如くならざるに、第三回には捕手鹽屋《えんや》益次郎氏が指頭《しとう》を傷つけ、漸次追込まれて六回には六點の開きを見せ、白金は斷然たる勝味を示した。」（16頁）そして、この劣勢に苛立つた一中（第一高等中学）の（柔道部などの）応援団が、たまたま（入口がよく分からなかったため）垣根を越えて入つてきたインブリー氏（写真10）を取囲むが、言葉が通じず、「さうかうしていゐる内亂暴《らんぼう》な野次馬が、やつつけて仕舞へなどゝ叫びながら外人に投石したのが、顔面に命中して、鮮血に染まり大騒ぎとなつた。」（16—17頁）と述べている【注12】。

その後、この騒動も、一中側が代表を派遣して陳謝し、またインブリー氏も不心得であったことを詫びて、円満に解決されたそうである。

ちなみに、このインブリー事件こそ、野球騒動の最初のものであったと言えるが、石川哲也『歴史ポケットスポーツ新聞』は、このインブリー事件を「ベースボール版生麦事件」（10頁）【注13】と称している。

そこで、この試合の後日談であるが、破

写真 10　明治学院のアメリカ人教師、ウィリアム・インブリー

〈出所：石川哲也『歴史ポケットスポーツ新聞（野球）』大空出版（2007）10 頁〉

れた第一高等中学（一中）は「此試合によりて發憤《はっぷん》したる選手一同と應援隊とは、其後臥薪嘗膽《ぐわしんしょうたん》、所謂《いはゆる》一高（＊中）的の練習を積みに積んで同年十一月八日再び白金（＊明治学院）勢を向陵（＊本郷弥生町向ヶ岡グラウンド）に迎へた。（略）此日一高（＊中）二十六對二で大勝し、選手も應援も餘《あま》りの嬉しさに相《あい》抱いて泣いたとの事である。」（『野球年鑑』64—65頁）

4　子規、松山にベースボールを伝える

（1）子規、河東碧梧桐にベースボールを指南

子規のベースボール界における業績の一つとして、（生まれ故郷の）松山にボールとバットを持ち帰り、ベースボールを伝えたことが上げられる。

明治22（1889）年7月、子規は大量の「喀血」をした5月の2カ月後に、勝田《しょうだ》主計《かずえ》に付き添われて松山に帰省する（7日着）。帰省は「病気療養」ということであったが、9月25日までの滞在中、『子規子』戯文―本章2（2）参照―を書いたり、ベースボール小説（『山吹の一枝』（未完）―第3章4参照―を執筆したりしている。実はこの帰省では、子規にはもう一つの大きな役目があったのである。

それは、当時、16歳の（少年）河東碧梧桐（本名「秉五郎《へいごろう》」）（写真11）に会って、持参したボールとバットを渡すことであった。と言うのは、子規は（帰省する前）東京で、碧梧桐の兄（竹村鍛《きとう》）からボールとバットを弟に渡してくれる様に頼まれていたのである。

そして、子規は碧梧桐に会い、このボールの使い方を説明するのであるが、このことについて、柴田宵曲『評伝正岡子規』は「居士と碧梧桐氏とを結びつけた最初のものは、小説でもなければ俳句でもない、ベースボールであったと碧梧桐氏の書いたものに見えている。ボールの投げ方や受け方をはじめ、野球の一般法則に至るまで、一応居士の手ほどきを受けたのだそうである。」（43頁）と述べている。また、このときの様子を、後に、碧梧桐自身（『子規を語る』）【注14】は次のとおり回想している。

写真 11　（俳人）河東碧梧桐（1873 － 1937）

〈出所：新潮日本文学アルバム『正岡子規』新潮社（2005）79 頁〉

「当時まだ第一高等（＊中）学校の生徒しか知られていなかった（＊実際にはすでに多くの倶楽部や学校に広まってい た）ベースボールを、私が習った先生というのが子規であったのだ。私の十六になった明治二十一年（＊正しくは二十二年）の夏であったと記憶する。当時東京に出ていた兄（＊竹村鍛）から、ベースボールという面白い遊びを、帰省した正岡にきけ、球とバットを依託したから、と言って来た。子規と私とを親しく結びつけたものは、偶然にも詩でも文学でもない野球であったのだ。（略）球が高く来た時にはこうする、低く来た時にはこうする、と物理学みたような野球初歩の第一リーズンの説明をされたのが、恐らく子規と私とが、語らい応対した最初であったろう。」（『前掲書』23頁）

そして、さらに碧梧桐は

「この初対面の延長で、私はすぐ表の通りへ引っ張り出されて、今まで教わった球のうけかたの実地練習をやる事になった。私は一生懸命うけるというより球を攫《つか》んだ。掌の裏へ突き抜けるような痛さを辛棒して、なるべく平気な顔をしていた。頭の上へ高く来たのは、飛びあがるようにして、両手を出しさえすれば、大抵はうけられる。ちょっと投げて御覧、と言われて、その投げ方がちょうどいい具合に往かない。二、三度繰り返して、やっと思いきって投げた球を、一尺も飛び上がってうけたお手本に驚くよりも、半ば忘れかかっていた目つきの鋭さが私を呼び覚ました。子規は赤く腫れたようになった私の手を見ながら、いろいろにいい慰めて、初めてにしてはうまいものだ。ナニ球はすぐうけられるなどと言った。しかし私は、それまでに経験のあった、撃剣を教えてもらった時のように、呑気な巫山戯《ふざけ》た気分にはなれなかった。」（『前掲書』24頁）

この様に、子規が碧梧桐にベースボールを直接指南したことは確かなのであるが、その際（いつもどおり）

「子規が碧梧桐（河東家）を訪ねた」のか、それとも今回は「そうではなく、碧梧桐が子規（正岡家）を訪ねたのか」が、文献によって（異なっており）曖昧なのである。そこで、このことについて、次の（２）で、改めて検証することにした。

（２）碧梧桐が子規（正岡家）を訪ねる

当初、著者は「子規がいつもどおり、河東家を訪ねた」と思っていた。この点、平出隆『ベースボールの詩学』も「前の年の夏と冬の二度にわたって、帰省中の静渓（＊碧梧桐の父で、子規の中学時代の漢学の師）を訪《おと》なった際の子規から、少年碧梧桐はボールの受け方を指導されている。」（１７８頁）と述べている。

これに対して、土井中照『子規の生涯』は「明治二十二年夏、（略）河東碧梧桐は子規を訪ねて、ベースボールの教えを乞う」（78頁）と述べている。また、関川夏央『子規、最後の八年』も「正岡家を訪ねた碧梧桐は、まず『初歩の第一リーズン』のベースボールの講義を受けた。そのあと表へ連れ出されて、球の受け方を実地にやらされた。」（13頁）と述べている。

果たして、（両者のうち）どちらが正しいのであろうかということで、松山市立子規記念博物館に問い合わせたところ、「明治22年夏の詳細は、証拠となる資料が天理大学図書館にあるため、内容が確認できていませんが、『子規全集』によると、このことについて、『明治22年夏子規宅でベース・ボール習得決定資料』と書いてありますので、この記述に間違いなければ、22年夏は碧梧桐が子規の家を訪ね、ベースボールの指導を受けたことになります。」との返事（回答）をもらった。

いつもは、帰省すれば、必ず、子規は静渓（河東家）を訪ねたが、22年夏の場合は、ボールとバット（を子規から受け取ること）を待ち侘びていた碧梧桐が、子規が帰宅したという情報を（誰かから）聞くや否や、急いで子規（正岡家）に会いに行ったものと思われる。

いずれにしても、このベースボール（の語らいや指導）が機縁となって、子規は、碧梧桐に俳句を教えることになる。後に、碧梧桐は（高浜虚子とともに）、子規の俳句の仕事を受け継ぐことになるのであるが、俳人碧梧桐の原点に（子規から指導された）ベースボールがあったということは、誠に興味深いことである。

（３）子規と碧梧桐の初会見の十二月説は間違い

先の平出隆『前掲書』（１７８頁）や土井中照『前掲書』（78頁）も述べているとおり、明治22（１８８９）年の子規は、松山には7月と12月の二度帰省している。その二度目の12月のときは（いつもどおり）子規が静渓（河東家）を訪ねている。このことに関して、柳原極堂『友人子規』は「静渓の日記」に次のとおり書かれていたと述べている。

「同（二十二）年十二月三十日、午前正岡常規来談（略）正岡廿八日歸郷、本日傳兒饋鍛　来書及湯湿気、饋正岡干午食、該人少食椀、與兒輩遊戯而去」（『前掲書』３７２頁）

柳原『前掲書』によると、静渓の「日記」には「子規の帰省に対し竹村鍛《きとう》氏から託されしその実家宛の品々をもたらして此の日松山千舟町の河東邸を訪《おとの》うたのである。」（３７２頁）そして、「鍛氏より託されて持ち帰りしボールを手渡し、就いては其の使用方法を説明伝習するため初めて相接近するの機縁が結ばれし次第である。子規と碧氏の最初の会見は実に此の時であったのである。」（３７３頁）と述べているのである。

しかし、先の（2）で述べたとおり、子規と碧梧桐との初顔合わせ（会見）は、すでに7月に済んでおり、またこの時は、碧梧桐が子規を訪ねて行き、ベースボールを指南されたということであったので、柳原極堂が言っている「12月説」は、明らかな勘違い（間違い）である。

では、12月30日の静蹊の「日記」に書かれている「與兒輩遊戯而去」はどう解釈すれば良いのであろうか。おそらく、12月の子規は（自宅に置いてあったか、または再度東京より持ち帰ったか）ボール（とバット）を河東家に持参し、碧語桐を指導したかどうかは（何も書かれていないので）不明であるが、その遊戯の品（ボールとバット）を（碧梧桐に）渡して帰って行ったということであろう。

（4）子規、松山中学校生徒（虚子ら）にバッティングを披露

子規は、碧梧桐と初めて会見（ベースボールを指南）してから、一年後の夏の松山で、高浜虚子（写真12）ら松山中学生たちと出会う。このとき、土井中照『子規の生涯』は「子規は虚子にベースボールを指南した」（98頁）と述べている。しかしながら、虚子は（先の碧梧桐の様に）子規から直接ベースボールを指南されてはいない。このことについて、当の高濱虚子『子規と漱石と私』、『定本　高濱虚子全集』は次のとおり述べている。

「松山城の北に練兵場がある。或夏の夕其處へ行つて當時中學生であつた余等がバッチングを遣つてゐ

写真 12 （俳人）高浜虚子（1874 ― 1959）

〈出所：新潮日本文学アルバム『正岡子規』新潮社（2005）79 頁〉

ると、其處へぞろ〳〵と東京がへりの四六人の書生が遣つて來た。（略）『おい一寸お借しの。』と其《その》うちで殊に脹脛《ふくらはぎ》の露出したのが我等にバットとボールの借用を申込んだ。我等は本場仕込のバッチングを拙見することを無上の光榮として早速其《それ》を手渡しすると我等から其を受取つた其脹脛《ふくらはぎ》の露出した人は其を他の一人の人の前に持つて行つた。其人の風采は他の諸君と違つて着物など餘りツンツルテンでなく、兵児帯《へこおび》を緩く巻帯にし、この暑い夏であるのに拘らず尚ほ手首をボタンでとめるやうになつてゐるシヤツを着、平べつたい俎板《まないた》のやうな下駄を穿き、他の東京仕込みの人々に比べ餘り田舎者の尊敬に値せぬやうな風采であつたが、面も自ら此一團の中心人物である如く、初めは其儘《そのまま》で軽くバッチングを始めた。先のツンツルテンを初め他の諸君は数十間あとじさりをして争つて其ボールを受取るのであつた。其バッチングは却々《なかなか》たしかで其人も終には単衣《ひとえ》の肌を脱いでシヤツ一枚になり、鋭いボールを飛ばすやうになつた。其うち一度ボールは其人の手許《てもと》を外れて丁度余の立つてゐる前に轉《ころ》げて來たことがあつた。余は其のボールを拾つて其人に投げた。其人は『失敬』と軽く言つて余から其球を受取つた。この『失敬』といふ一語は何となく人の心を牽《ひ》きつけるやうな聲であつた。軈《やが》て其人々は一同に笑ひ興じ乍、練兵場を横切つて道後の温泉の方へ行つてしまつた。此バッターが正岡子規其人であつた事が後になつて判つた。」（『前掲書』９―10頁、『前掲書』１８３頁）

この様に、高浜虚子（当時17歳、本名「清」）は、実際には、子規からベースボールを指南されたわけではなかったが、明治23（１８９０）年の夏に帰省した子規が、松山の練兵場において、仲間とベースボール（バッティング）をする姿を見たことが契機となり、明治24（１８９１）年、友人である碧悟桐の紹介で、子規に初めて手紙を出すことになるのである。

結局、「正岡子規と碧悟桐・虚子を結ぶ機縁となったものはベースボールであった。そして、同郷人としてのチームワークは、わが国の俳句革新の原動力となった。」（松山市教育委員会編著『伝記正岡子規』91頁）ということである。

5　松山へのベースボール伝播は３ルート

松山へのベースボールの伝播に大きな役割を果たしたのは、子規であったことには違いないが、ややもすると、子規のみがクローズ・アップされ、他のルートについてはほとんど認識されていない様に思われる。

つまり、明治22年、松山にベースボールを伝えたのは、実は、子規のみ（1ルート）ではなかったのである。子規の他にもルートがあったことについて、松山東高校野球史編集会編『子規が伝えて120年』には、次のとおり述べられている。

「明治22年、内子《うちこ》小学校初代校長として横浜から遠山道成という方（旧北宇和郡吉田出身）が来られました。遠山先生は、横浜で外人と野球をされており野球に詳しく、内子に校長として来られると体操の正課として野球を取り入れられました。（略）学校ではベースボール、ピッチャー、キャッチャー、セーフ、アウト…などすべて英語でやっていました。」（『前掲書』22—24頁）【著者傍線】

著者も、明治22（1889）年、松山にベースボールを伝えたのは子規であることしか知らなかったので、子規と同年に、遠山道成（校長）という別ルートもあったということに驚かされた。

ところで、高浜虚子が明治23年夏、子規のバッティングを見たことについては、先の4（4）の引用文どおりであるが、その虚子が松山中学において、外国人教師から、すでにベースボールを教わっていたことを、虚子『高浜虚子全集（第13巻）』は、次のとおり述べているのである。

「明治二十四年の夏（略）、それより前に一度子規の顔を見た事があります。それはその前年子規が帰省した時であったかと思うのです。まだ、私は子規というものの存在を知らなかった時代で、私達がその時分に中学校で英語の教師のアメリカ人から、ベースボールというものを教わって、四、五人の仲間で松山城の北にある練兵場に行ってバッティングをやっておった時分に、東京から帰った学生が四、五人私達のバッティングを見ておりました。」（『前掲書』23頁）

この直後、（三つ前の引用文どおり）子規がバットを借りて、素晴らしいバッティング（＊ノック）を披露するのであるが、このときには、虚子らは、すでにアメリカから来た英語教師からベースボールを教わっていたと言っているのである。この英語教師がいつ松山中学校（＊虚子は明治20年「伊予尋常中学校（松山中学校）」に入学している）に赴任したのか、その時期が不明であるので確実とは言えないが、ひょっとすると、明治22年のことであったとも考えられる。もしもそうだとすると、明治22年の松山へのベースボールの伝播は、３ルートあったことになる。

参考までに、明治22・23（１８８９・１８９０）年当時、松山で行われていたベースボールは「極めて幼稚なものであって、その道具というのも、バットとボールの二種類があっただけであったらしい。その道具も、『美満津《みまつ》商店』【注15】で販売されているような完全なものではなく、ボールは鉛か小石を芯にしてこれをまず少量の綿で包み、その上を適当な大きさになるまで糸で巻いて止めたものである。バットは、薪を担ぐときに使う、俗に言う『オーク材』の廃材を削って作ったもの（略）」（『子規が伝えて１２０年』20―21頁）であったそうである。

第３章 子規のベースボール解説と俳句、短歌

１「ベースボール」と「野球」

(1) 子規の雅号は「野球（の・ぼーる)」

ベースボール（baseball）に初めて訳語をつけたのは正岡子規であろう。例えば、子規は明治19（１８８６）年、ベースボールを「球（ボール）をもてあそぶ」という意味の「弄球《ろうきゅう》」としている。しかし、残念ながらこの語は定着しなかった。その後、子規は明治23年（１８９０）年3月に、「野球」という雅号（ペンネーム）を使ったが、これは「やきゅう」と読ませるのではなく、「野の球（ボール）」すなわち「の・ぼーる」と読ませた。

つまり、この「の・ぼーる」は、子規の幼名である「升《のぼる》」をもじったものである。いずれにしても、ベー

スボールに「野球」という漢字を初めて当てたのは正岡子規であったが、「やきゅう」と読ませたのは、子規ではないということである。ちなみに、子規は明治27年（１８９４）年に、「能球（のう・ぼーる）」という雅号も使っている。

久保田正文『正岡子規』は、子規の「野球」について、「『野球』という語（文字の配列？）を、とにかく最初に組みあわせて使用したのは、ほかならぬ子規であったとは言いうる。しかし、その意味、そのつかいかたは、『ベースボール』の訳語として、その意味をもたせてつかったと言うことはできない。けれども同時に、まったく無関係につかわれたわけでもなかったということも事実なのである。」（１８６―１８７頁）と述べている。

（2）「野球（やきゅう）」は中馬庚、子規は「ベースボール」

「野球《やきゅう》」は、明治28（１８９５）年、第一高等学校（元の第一高等中学校）の校友会雑誌号外『一高野球部史』で使われたのが最初で、それを使った（命名した）のは、一高野球部コーチの中馬庚《ちゅうまんかのえ》（写真13）であった。

中馬庚が「野球」という（ベースボール）訳を思いついたのは、その前年の明治27（１８９４）年のことだったそうで、「一八九四年の秋になって、すでに東大に進学し、一高のコーチをしていた中馬庚が、ある日、一高の寄宿舎でバットの素振り一〇〇〇本の練習をやっていた、投手の青井鉞男《えつお》のところへきて、『ベースボールの日本語を考えついたぞ。ベースボールは〝ボール・イン・ザ・フィールド〟だ。野原のボールだ。だから、野球というのはどうだ』といった。」（川本信正『スポーツ賛歌』１４６頁）ということである。

また、庄野義信編著『六大学野球全集（上巻）』は、橋戸信著『野球通』を参考に、中馬庚が「野球」と

写真 13　「野球」命名者であり『野球』（明治 30 年）を出版した中馬庚

〈出所：野球体育博物館編『野球殿堂 2012』（2013）33 頁〉

命名した経緯について、次のとおり述べている。

「先年橋戸信氏が、一高野球部創立時代の名二壘手中馬庚氏に逢はれるに及んで、この疑問（＊野球命名の経緯）が明瞭となつた。卽ちその最初の人は、實に中馬庚氏であつたのだ。

同氏は始め『ベースボール』を『底球』、次に『壘球』など〻譯されたが、明治二十七年の夏（＊川本信正は「秋」としている）、本稿『第一高等學校野球部史』を書かれるに際して、『テニスはコートでやるから庭球、ベース・ボールはフイールドでやるから野球はどうだらう』と發案した所、一同の大賛成を得て、本稿『野球部史』に始めて『野球《やきう》』の文字《もんじ》を使用されたといふことである。これ以前までは『ベース・ボール』と外國語で呼んでゐたものである。」（『前掲書』）14頁）

結局、川本信正や庄野信義（の記述には若干の相違はあるものの）両者が述べているとおり、中馬庚の提案は部員たちの賛同を得て、早速、これまでの「ベースボール部」を「野球部」と改称するとともに、翌年には『一高野球部史』として、それを著したのである。

しかし、「『一高野球部史』は明治二十八年二月廿二日発行の『校友会雑誌』号外として出されているが、文中『野球』の語が使われているのは、表紙と例言、それに本文一ページ冒頭の『野球部史附規則』の三ヵ所だけである。本文は勿論『ベーすぼーる』の語が使用されており、また各ページの脇の柱も『ベーすぼーる部史』となっている。」（城井睦夫『正岡子規ベースボールに賭けたその生涯』１３３―１３４頁）とあるので、早速、第一高等學校校友會編『校友會雑誌號外』を確認してみたところ、正にそのとおりであった。

では、なぜ、本文中全ての「ベーすぼーる」を「野球」に直すことができなかったのであろうか。この点について、城井『前掲書』は「中馬庚が『野球』の訳語を考え出したときには、すでに部史の本文が組みあがっていたというのが、その理由であった。」（１３４頁）と述べている。

なお、中馬庚は、その2年後の明治30（１８９７）年、ベースボール解説書である『野球』【注16】を出版する。

ところで、先述したとおり、中馬庚がベースボールを「野球《やきゅう》」としたのは、明治27（１８９４）年秋のことであったが、子規はこれよりも早い明治23（１８９０）年に、「野球」という漢字を当てている。もしも、子規が「野球（の・ぼーる）」ではなく「やきゅう」と読ませていたら、子規がベースボール訳語の考案者となったのであるが、残念ながら、子規はベースボールの訳として、「野球《やきゅう》」ということばを使ったことはなかった（とされている）。

例えば、坪内稔典『正岡子規　言葉と生きる』は「子規はヤキュウと発音したことはなく（略）ベースボールと呼んだ。」（5頁）と述べているし、久保田正文『前掲書』も、子規は「ベースボールの意味で『野球』ということばをつかったこと（書き残したこと）は一回もない」（１８３頁）と述べている。同様に、関川夏央『前掲書』も「子規は一貫して『ベースボール』」（10頁）であったし、日下徳一『子規もうひとつの顔』も「俳句、短歌、随筆などすべてをずっとベースボールで通した。」（71頁）と述べている。

この点について、子規自身は明治29（１８９７）年の『松蘿玉液』（七月二十七日）において、「ベースボールはいまだかつて訳語にあらず、今ここに掲げたる訳語はわれの創意に係《かか》る。（略）」（42頁）と述べており、ベースボール（諸用語）には、これまで（自分の訳以外に他者の）適訳はないと言っている。

このことは、（先に述べた）明治28（１８９５）年2月、『校友会雑誌号外（一高野球部史）』において、中馬庚が「野球」と訳していたことを知らなかったということになる。否、知ってはいたが、それを認めず無視したのかも知れない。いずれにしても、子規は最後まで「ベースボール」で通したのである。

（3）子規、一度だけ「体操野球」を使用

子規は、本当に「野球」という語を一度も使用したり、「やきゅう」と呼んだことがなかったのであろうか。もし、そうだとしたら、何故なのであろうかと不思議に思う。

そこで、種々文献に当たったところ、子規が明治31（１８９８）年12月25日に書いた「紀行文―小石川まで」（『正岡子規』河出書房出版）の中で、（「野球」ではないが）「体操野球」という語を使用していることが分かった。その一文は次のとおりである。

「我はあたかも尋ぬる家の前に車（＊人力車）止め居たるなり。小さき嶮しき坂を押されて上れば一町にもあまる広場あり。若き人そこそこに集いて体操野球などすめり。」（『前掲書』114頁）【著者傍線】

この子規の紀行文「小石川まで」は、子規が、子規門の歌人である鋳金家の香取秀真《はずま》の自宅（当時、小石川区原町十六）に、彼の鋳物（作品）を鑑賞するために行ったときのことを書いたものである。

そこで、「体操野球」という語（ことば）であるが、明治時代の学校における身体教育は「体操」【注17】という教科名であった。よって、子規が述べている「体操野球」とは「体操の正課（正規の科目）としての野球」という意味であると考えられる。

すなわち、広場では、当時、行われるようになっていた「野球」が、体操（という教科）の授業で行われていたのであろう。そして、この頃では、学校の体操（授業）では、すでにベースボールではなく、「野球」という種目名となっており、学校では「体操野球」という言い方がされていたので、（子規はそのとおり）使用せざるを得なかったのではなかろうかと考えられるのである。

この点、先の第2章5において、「内子に校長として来られると体操の正課として野球を取り入れられました。」と書かれている（傍線部）文は、著者の言う「体操野球」の意味を、正当化するものであろう。【著者傍線】

いずれにしても、子規は、一度だけ、この「体操野球」という語を使用しているが、子規が「野球《やきゅう》」という（言い方で）使ったのは、この紀行文「小石川まで」の中での一度きりであり、それ以降の明治32（1899）年に詠んだ俳句（「夏草やベースボールの人遠し」）でも、やはりベースボールであるし、その後も「野球」

という語の使用は一切（見られ）ないのである。

ところで、明治30（１８９７）年には、中馬庚が『野球』を出版するが、子規はこの本を手にすることはなかったのであろうか。子規は、本当に最後まで、「野球」という語（ことば）があることや言い方を知らなかったのであろうか。否、（あるとき、知ったものと思うが、それをベースボールの適訳とは認めず）あくまでもアメリカから伝えられた（外来語の）「ベースボール（ベース、ボール）」に拘ったのであろう。

（４）子規と中馬の交流はあったのか？

まずは、これまでの子規のベースボール活動であるが、子規は明治17（１８８４）年、大学予備門に入学後、ベースボールに出合う。そして、翌明治18（１８８５）年、予備門にベースボール会が発足すると同時に、そのメンバーとなる。

大学予備門は明治19（１８８６）年、第一高等中学校（＊一中）に改名されるが、子規は引き続きそのベースボール会メンバーとしてプレーする。子規自身「明治十八、九年来の記憶に拠れば予備門または高等中学は時々工部大学、駒場農学と仕合ひたることもありしか。その後青山英和学校も仕合《マッチ》に出掛けたることありしかど年代は忘れたり。」（『松蘿玉液』34頁）と書いているとおりであり、ポジションはピッチャーまたはキャッチャーとしてプレーした様である。

明治20（１８８７）年12月25日、子規は「大学寄宿舎ベース、ボール大会」に白軍キャッチャーとして出場している。（正岡子規『筆まかせ抄』30頁）この試合が一中ベースボール会メンバーとしてのプレーであったかどうかが不明であるが、いずれにしても、子規が大学予備門・一中ベースボール会のメンバーとしてプレーしたのは、明治18年から明治20年のことであったと思われる。

子規は、明治21（１８８８）年7月、一中（予科）を卒業し、同年9月には同校本科へ進む。このときに、第一高等中学校（一中）はベースボール部を組織するが、子規は入部していない。この点について、城井睦夫『正岡子規ベースボールに賭けたその生涯』は「（＊明治21年8月）肺患に犯された子規は、明治二十一年九月に常磐会寄宿舎に入舎し一ツ橋から離れたこともあり、おそらく、学校のベースボール会（＊部）から身をひき、（略）もっぱら常磐会寄宿舎の友人たちを仲間にひきいれベースボールを楽しんだのであろう。」（98頁）と述べており、著者の見解と一致する。

いっぽうの中馬庚は、子規より3歳下であるが、第一高等中学校（一中）に入学したのは「１８８７年（明治21年）」（野球体育博物館編『前掲書』33頁）である。よって、中馬が入学したとき（9月）には、子規は一中（予科）を7月に卒業し、9月には本科へ進学しているので、二人は完全にすれ違っている。また、一中ベースボール会（部）においても、中馬が入部する明治21（１８８８）年9月には、すでに子規は活動していなかった（と考えられる）ので、二人が一緒に練習したり、試合に出場したりすることはなかったはずである。

しかしながら、神田順治『子規とベースボール』は「中馬庚は、ベースボールを『野球』と翻訳した人である。一高野球部の草創期の二塁手であり、のちに伊木常誠のあとを継いで二代目の捕手【注18】となり、卒業後も一高黄金時代の世話役を務めた。だから、大先輩の子規から少なからず薫陶を受けたに違いない。」（51頁）と（著者とは異なる見解を）述べているのであるが、果たして、どうだったのであろうか。

この点について、明治41（１９０８）年一高卒で野球部に所属していた君島一郎『日本野球創世記』は、「一高ベースボール部（中馬）と子規との接点はなかった」とする見解を次のとおり述べている。

「一高野球部選手は卒業して大学に入ったあと一、二年の間はグラウンドに顔を出して後輩選手達の指導に当たる。しかし大学へ行って二年三年となるとそれぞれ学業が忙しくなり、殊に工科や医科では実習がはじまる。こうなるとそう頻繁にはグラウンドには来られない。そこへまた後の選手が新しい大学先輩となってくるので、自然前の選手達と現役選手の間は縁遠くなる。殊に子規の場合は彼が早くも病におかされたので、向ヶ丘を訪ねる機会がすくなかったので七、八年後輩の野球部の様子を知らず、中馬たちもまた子規を訪ねることもなかったであろう。子規の『日本』に載せたベースボール解説をよんでも両者の間の連絡は全くなかったことがわかる。」（『前掲書』80頁）

さらに、子規と中馬庚との関係について、久保田正文『正岡子規』は「子規が『松蘿玉液』で『ベースボール』を書いたのは明治二十九年七月である。そこで、子規は、依然としてベースボールということばをつかっているが、その他の用語については中馬（略）とまったく別の訳語を苦心してつくっているのである。そうしてみると、『野球』ということばについても、用語についても、二人の間にやはり直接にしろ間接にしろ、知識の交流はなかったということらしい。（略）ベースボールのことについては、ねっしんに注意をはらっていた子規のところへさえも、中馬の努力は二年間の時間を経ても伝わってこなかったものらしい。やはりそれは、特殊な限られた範囲での通用力しかもたなかったものということができる。そのころにおける野球そのものの特殊性もそこから推測される。」（189─190頁）と述べ、二人の知識、情報の交流は全くなかったと推察している。

こうしてみると、先の神田順二『前掲書』が述べている「中馬庚は子規の薫陶を受けたに違いない」との推察は、どうやら見当外れ（間違い）であると言わざるを得ない。

なお、参考までに、中馬庚は明治27（1894）年、日本式の野球用語を考案している。例えば、現在使われているポジション名の「投手、捕手、一塁、二塁、三塁、左翼、右翼、中翼」や「三振、死球」等は、中馬庚によるものであることを付け加えておきたい。

（5）中馬庚という人物

ここで、中馬庚という人物について触れておこう。

「中馬庚（1870─1932）は明治27年ベースボールを『野球』と最初に翻訳した人で、又同30年には野球啓蒙（指導）書『野球』（大阪・文栄堂）を著作、これは単行本で刊行された本邦最初の専門書で我が国野球界の歴史的文献とされている。一高時代は二塁手、大学に進むやコーチ・監督として後輩を指導、明治草創時代の学生野球の育ての親として、昭和45（1970）年度特別表彰（野球殿堂入り）を果たしている。」（「野球体育博物館展示資料」）また、野球体育博物館編『野球殿堂2012』には「1896年5月23日、一高チームが初めて横浜外人クラブを破ったときの引率者で、（略）帝国大学卒業後、新潟県、秋田県、徳島県などの中学校校長を歴任、各地で名物校長として数多くの逸話を残した。鹿児島県出身。」（33頁）と書かれている。

さらに、中馬庚については、彼の一高野球部の後輩になる君島一郎『日本野球創世記』が詳しく書いている。そこで、その中から、中馬庚の興味深い二つのエピソードを紹介しておくことにする。

その一つは

「(彼は)外国語に精通している。ベースボールは米国から輸入したスポーツだが、英語でよぶ必要はない。(略) 日露戦争の時には通訳になって外地へ飛んだ。わずか一年間に中尉へ昇進して帰還。軍服に日本刀をぶらさげて登校する。掃除の時は、その刀を抜いて指揮をとるのである。西洋史を教えた。『ナポレオンはワーテルローの戦のとき、何分間ひるねしたか、君たちは知っているか？』といった授業。また、『アレキサンダー大王は…』と教科書を読みはじめたが、あとが途絶えた。かわりに、ハッ！と壇上から気合がかかってくる。生徒たちが不思議がって中馬先生を仰いでみると、教室を飛びまわっているハエを手でつかまえて、羽を一枚ずつむしっているではないか。云々」(『前掲書』71―72頁)

であり、またもう一つは

「明治二十九年五月からの一連の国際試合に中馬は一高野球部の顧問または監督という立場で斡旋尽力しているが、第三試合にアンパイヤーもやっている。この試合の第一戦、五月二十三日は天気定まらず、選手達は出発前どうなるかとヤキモキしているところへ横浜から電報がきた。『ナンジニクルカ』これを『汝逃ぐるか』と読んで、大いにおこったという挿話がある。(略) 一生傍にあり解して曰く、これ逃ぐる

かにあらずして、何時に来るかなりと。中馬言下に悟り、急に大笑いす…」（『前掲書』73頁）

というものである。

そして、君島『前掲書』は「中馬は校長として生徒に敬慕されたようで、私は他にも新潟中学校（＊現新潟高校）時代の数多い逸話をきいている。彼にはそういう性格があったのであろう。」（74頁）と述べている。

2　傍観者となった子規

子規は、明治25（1892）年7月に大学を落第したことから、中退を決意し、「日本新聞社」に入社する（正式な文科大学退学は明治26〈1893〉年3月）。

そして、明治29（1896）年、子規はベースボールに関するあるビッグ・ニュースを聞くことになる。それは「その年の五月、一高野球部と横浜居留地のアメリカ人チームとの間で初の日米野球試合が行われた。結果は予想をみごとに裏切って二十九対四で一高が大勝。第二試合も第三試合も一高が勝ち、第四試合でアメリカチームは元プロ選手まで動員して十二対十四でやっと一勝をあげることができた。この第四試合が行われたのがアメリカ独立記念日の七月四日（略）」（長谷川櫂『子規の宇宙』48頁）というものであった。子規は、この母校の圧勝にふたたびベースボール熱を高ぶらせ、直ちに新聞『日本』紙上に連載中の『松蘿玉液』に、３回にわたって「ベースボール記事（解説）」を書くのである。

『松蘿玉液』明治29（1896）年7月19日には、子規は「米人のわれに負けたるをくやしがりて幾度も仕合を挑むのは殆ど国辱とも思へばなるべし。」（33頁）と述べるとともに、７月27日には「ベースボールの特色」について次のとおり述べている。

「競漕競馬競走の如きは其方法甚だ簡単にして勝敗は遅速の二に過ぎず。故に傍観者には興少し。球戯はその方法複雑にして変化多きを以て傍観者にも面白く感ぜらる。かつ所作の活溌にして生気あるは此遊技の特色なり。観者をして覚えず喝采せしむる事多し。但し此遊びは遊技者に取りても傍観者に取りても多少の危険を免れず。傍観者は攫者《キャッチャー》の左右または後方にあるを好《よ》しとす。」（『前掲書』42頁）【著者が原文の、、、部を傍線にした】

この引用文に対して、長谷川櫂『前掲書』は「子規はもはやこのゲームの傍観者であり、『傍観者は攫者《かくしゃ》の左右又は後方にあるを好しとす』という。これはベースボールの冷静な解説者である。」（86頁）と述べている。それから2年後の明治31（１８９８）年、子規は（病床にあって、自分のプレーしていた頃を思い出して）「ベースボールの歌（短歌）」９首を詠むのである。これについては、後の本章６で述べることにする。

３　『松蘿玉液《しょうらぎょくえき》』に見る子規のベースボール解説

本項では、当時の試合方法やルールならびに技術について、子規が解説しているものを、著者の解釈を加えながら紹介しておくことにしたい。

子規は『松蘿玉液』明治29（1896）年7月23・27日において、ベースボールの道具、グラウンドの図、ポジション名、ベースボール用語、試合方法（「攻者と防者」）、ルール、技術について詳細に解説している（33—42頁）。この2回の記事と7月19日の記事とを併せた（3回の）記事は「字数にして約五千二百字、原稿用紙にして十三枚に及んだ。」（黒澤勉『病者の文学正岡子規』89頁）ということである。

その中で、まずは「ベースボール競技場　図によりて説明すべし」として図1を示している。また、表3は、ベースボール用語における子規の訳語（と現在の訳語を付け一覧表にしたもの）である。子規の訳語には、現在でも使用されているものがいくつかあるのは興味深い。もちろん、子規のベースボールに関するこうした紹介が、当時のベースボールの普及に大いに役立ったものと思われる。

以下、当時の試合方法やルールならびに技術について、子規が解説しているものを紹介していくことにしたい。

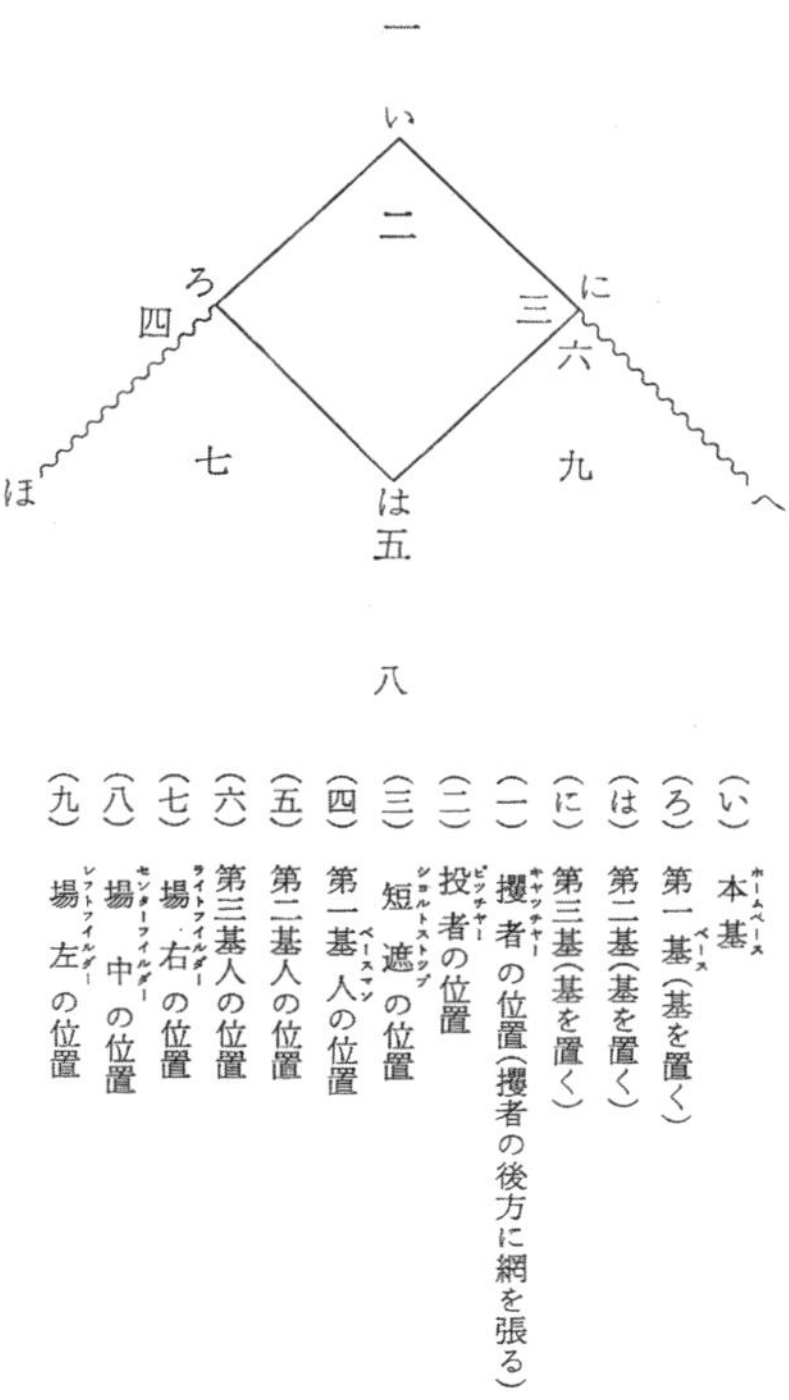

図１　子規が示したベースボール競技場

〈出所：正岡子規『松蘿玉液』岩波書店（1984）35頁〉

表３　ベースボール用語の子規訳語と現在用語（漢字）との比較

英語用語	子規	＊現在（漢字）	英語用語	子規	＊現在（漢字）
ピッチャー	投者	投手	ストライカー	打者	打者
キャッチャー	攫者	捕手	ラナー	走者	走者
ファーストベースマン	第一基人	一塁手	フォアボール	四球	四球
セカンドベースマン	第二基人	二塁手	デッドボール	死球	死球
サードベースマン	第三期人	三塁手	フライボール	飛球	飛球
ショートストップ	短遮	遊撃手	ヂ（＊ダイ）レクトボール	直球	直接球
レフトフィールダー	場左	左翼手	ホームベース	本基	本塁
セントラルフィールダー	場中	中堅手	フルベース	満基	満塁
ライトフィールダー	場右	右翼手	アウト	除外	死
ピッチ	正投	投球	ホームイン	廻了	生還
ベースボール	球戯	野球	アウトカーブ	外曲	（カーブ）
バット	棒	（バット）	インカーブ	内曲	（シュート）
ボール	小球	球	ドロップ	墜落	（縦のカーブ）
イン（＊イ）ニング	小勝負	回	スタンディング	立尽	残塁
ゲーム	勝負	試合	フェア	正球	フェア
アンパイア	審判者	審判（主審）			

＊著者付記

〈『松蘿玉液』岩波書店（1984）34 － 41 頁より著者まとめる〉

まず、子規は「されば高等学校がベースボールにおける経歴は今日に至るまで十四、五年を費せりといへども（尤も生徒は常に交代しつつあるなり）ややその完備せるは廿三、四年以降なりとおぼし。これまでは真の遊び半分といふ有様なりしがこの時よりやや真面目の技術となり技術の上に進歩と整頓とを現せり。少くとも形式の上において整頓し初めたり。即ち攫者《キャッチャー》が面《めん》と小手《こて》（撃剣《げきけん》に用ふる面と小手の如き者）を着けて直球《ヂレクトボール》を攫《つか》み投者《ピッチャー》が正投《ピッチ》【注19】を学びて今まで九球なりし者を四球（あるいは六球なりしか）に改めたるが如きこれなり。」（34頁）と述べているとおり、明治23・24年頃になって、ベースボールの形式や技術が一気に進歩向上したと述べているのである。

例えば、キャッチャーが面と小手（マスクとミットの代用）を使用し出したことによって、ボールを積極的に直接（ダイレクト）捕球することになったり、ピッチャーも正しい投げ方（ピッチ）を学んだことから、打者のボール出塁制が「ナインボール」から「フォアボール（あるいはシックスボール）」になったとのことである。

次に、試合（ゲーム）は「除外（アウト）三人に及べばその半勝負（＊イニング）は終るなり。」（37頁）そして、９回表裏の攻防で、廻了《かいりょう》（ホームイン）の多少によって勝負は決まる。また、打席に立つバッターについては「投者の球正当に来れりと思惟《しい》する時は（即ち球は本基〈＊本塁ベース〉の上を通過しかつ高さ肩より高からず膝より低くからざる時は）【注20】打者はこれを打たざるべからず。棒球《ボール》に触れて球は直角内落ちたる時（これを正球《フェアボール》といふ）打者必ず棒を捨て第一基〈＊一塁ベース〉に向い一直線に走る。この時打者は走者《ラナー》となる。」（37頁）また「一人の打者は三打撃を試むべし」であり、「打者の打撃した球《ボール》空に飛ぶ時（遠近に関せず）その球の地に触れざる前にこれを攫《かく》する時は（何人にても可なり）その打者は除外《アウト》となる。」という様に、以前はフライはワンバウンド捕球すればアウトとなったが、この頃においては、フライは直接捕球しなければアウトでなくなったということである。

さらに、打者は「第三打撃の直球《ヂレクトボール》（投者の手を離れていまだ土に触れざる球をいふ）棒《バット》触れざる者　攫《キャッチ》者《ヤー》能くこれを攫《かく》し得ば打者は除外《アウト》なるべし、攫者《キャッチャー》これを攫《かく》し能はざれば打者《ストライカー》は走者《ラナー》となるの権利あり。」（38頁）とあるとおり〝三振振り逃げ〟が許されたのである。

この他、ピッチャーの投球術も向上して、「外曲《アウトカーブ》、内曲《インカーブ》、墜落《ドロップ》」（40頁）を投げる様になったし、「盗塁」もあり、また「走者基《ベース》を離るること遠き時はその基に向つて球を投ずる事等あり。」（40頁）とする「けん制球」を投げたり、「盗塁走者は、基《ベース》に達する二間ばかり前より身を倒して辷《すべ》りこむこともあるべし」（41頁）とあるとおり、（盗塁）走者はその成功（セーフ）を狙って、〝滑り込み（スライディング）〟を試みることもあって良いということである。

以上、明治29（１８９６）年に書かれた『松蘿玉液』の「子規のベースボール解説」からは、明治23・24年頃になって、かなりの新たな（現行やそれに近い）ルールや技術が、用いられることになったということである。しかし、ピッチャーの投球が、上手（オーバーハンド）からか、下手（アンダーハンド）からかが（子規によって）はっきりと述べられていないのは（事実を知りたいだけに）誠に残念である。

ただ、明治29（１８９６）年に出版された高橋慶太郎編『ベースボール術』のピッチャーの投球フォームは、アンダーハンドからの投球が描かれている（図2）ことからすると、やはりまだ、アンダーハンドからの投球が主流だったのであろうか。しかし、「野球は明治二十三年に至って一大進歩をとげ、（略）上手投や横手投を許された投手の投球も大いに進歩し」（『慶応義塾野球部百年史（上巻）』２頁）たとも書かれている。

いずれにしても、「ピッチャーの投球術（の変遷）」については、第６章２において改めて述べることにする。

４　子規のベースボール小説『山吹の一枝』

『山吹の一枝』について、久保田正文（『前掲書』）は「日本のいわば野球小説の第一作であっただろうと断定しうることとともに、記憶されるべきことであろう。この小説の制作年代は断定しえないが、明治二十二年六月以後、二十五年三月以前というあたりはほぼ確実に推定しうる。」（１９２頁）と述べている。

そして、『子規博館蔵名品集』には、子規・新海非風小説原稿『山吹の一枝』（のベースボール場面を書い

図 2　明治 29（1896）年出版の高橋慶太郎編『ベースボール術』に見られる当時のベースボール技術（フォーム）―著者が各ポジションごとに改変した

〈出所：高橋慶太郎編著『ベースボール術』同文館（1896）＊復刻版（ベースボール・マガジン社）〉

た文章）が掲載されている（写真14）。それには、次のとおり解説されている。

「明治23年ころ、子規が友人の新海《にいのみ》非風《ひふう》と執筆した小説。第17回まで書きつがれたが未完。子規は『花ぬす人』の号で奇数回を担当した。登場人物は学生時代の子規の友人たちがモデルであり、当時の書生の生活や恋愛模様を描く。作中、ベースボールの試合を行う場面があり、小説の題材にベースボールが用いられた最も早い例の一つと思われる。」（『前掲書』25頁）

また、『山吹の一枝』について、土井中照『子規の生涯』は「未完の長編小説だが、主人公と女性は野球が縁で知りあう。主人公の紀尾井三郎は、五百木《いおき》

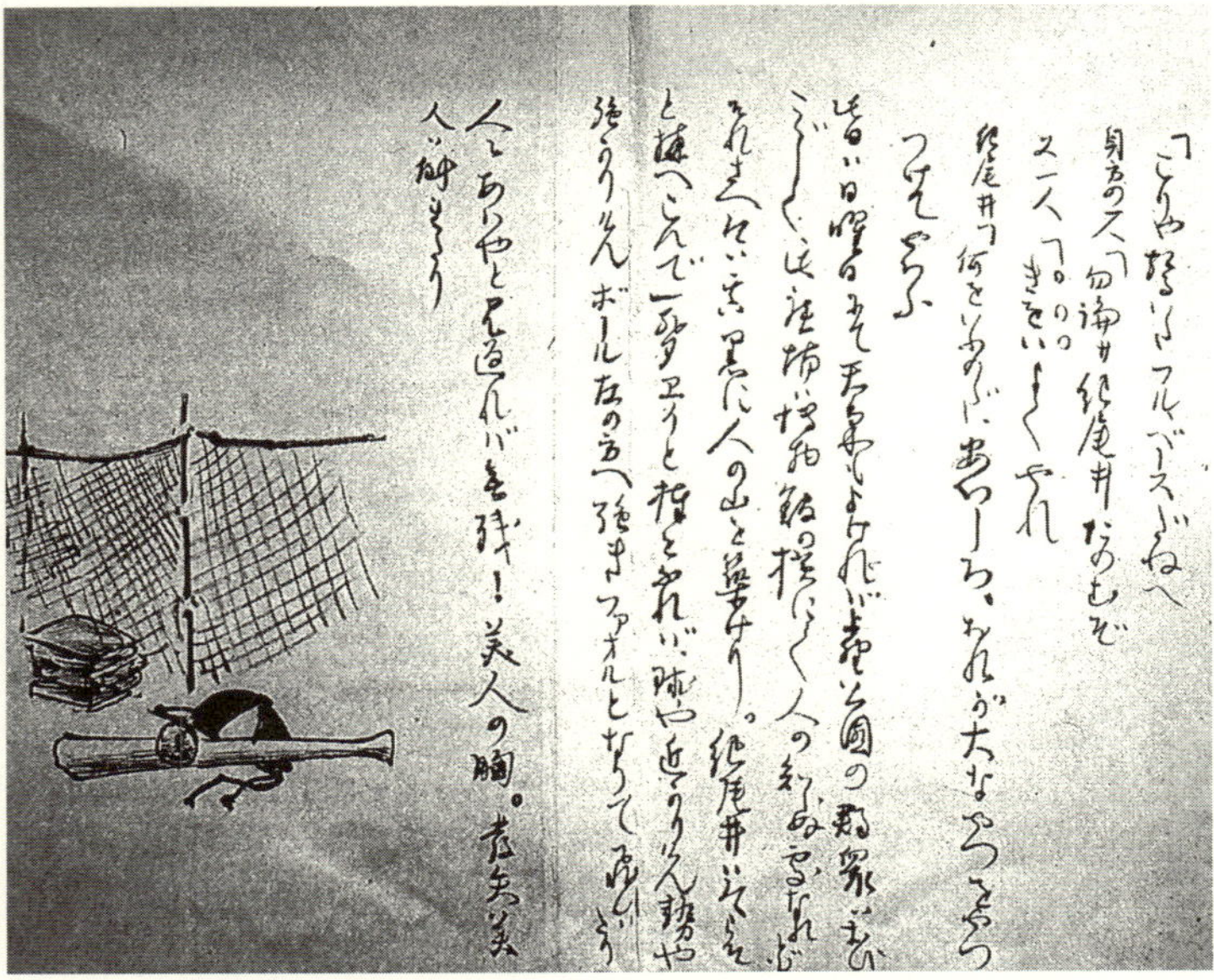

写真14　子規と新海非風共著『山吹の一枝』（未完）の一節（原稿）（明治23年頃）

—ベースボール用具のイラストは子規が描いたもの

〈出所：松山市立子規記念博物館『子規博館蔵名品集』（2011）25頁〉

瓢亭《ひょうてい》の名字を反対にして命名。山尾昇という登場人物は子規の幼名「升《のぼる》」の転用だ。」（62頁）と述べている。

また、松山東高校野球部史編集委員会編『子規が伝えて１２０年』によると、『山吹の一枝』は「日本の野球文学の端緒とされ俳人の室積徂春《もろづみそしゅん》の考証では、明治22年から明治23年にかけての書とされる。」と述べ、その荒筋は「主人公の紀尾井三郎と女学生、芸者との三角関係のもつれで、未完に終っている。紀尾井と女学生との関係が深まるきっかけとなったのがベースボールで、その場面は次のようになっている。」（15頁）

以下、「その場面」を引用しておくことにする。

「翌日になると同じ宿の書生二十人余りは威勢よく上野迄くりだしたり　紀尾井は此時ピッチャアと第二ベースとの交代になりしが殊に愉快さうにかけまわれいたり。ファオル、アウトと叫ぶ声、バットにて高くボールを打ちあげたる音木（こ）だまにひびきいさましし。

勝負もはや終らんとする頃、紀尾井はストライカー（打ち手）となりてベースに出るしが驚きたる調子にて

『こりや驚いたフル、ベースだねへ』

身方の一人『勿論サ　紀尾井たのむぞ』

又一人『きをいよくやれ』

紀尾井『何をいふのだ、安心しろ、おれが大なやつをやつつけてやろふ』

此日は日曜日にて天気もよければ

上野公園の群集はおびただしく
此広場は博物館の横にて人の知ら
ぬ処なれどもそれさへ今は真黒に
人の山を築けり。紀尾井は今こそ
と構へこんで一声エイと棒をふれ
ば、球や近かりけん勢いや強かりけ
んボール左の方へ強きファオルと
なりて飛びたり　人人あはやと見
返れば無残！　美人の胸　発矢
美人は倒れたり」（『子規が伝えて１２０年』15頁）

この頃のファールボールは、観客（を守る）のためのフェンスや網もなく、危険であったに違いない。果たして、ボールが（胸に）当たった美人は、大丈夫だったのであろうかと心配になるが、この物語のその後は「心配した三郎が駆けつけてみると、倒れた美人は、彼を慕って東京に遊学した山西増子だった。」ということで、二人は広小路の料理屋で、つもる話にしばしをすごしたということである。（城井睦夫『正岡子規ベースボールに賭けたその生涯』１６６頁）

なお、原稿中（写真14の左下）にあるベースボール用具（ボール、バット、ベース、帽子、バック・ネット）のイラストは、子規自らが描いたものである。

５　子規のベースボール俳句（九句）

「子規は１８９０（明治23）年にベースボール俳句を四句詠んでおり、合計九句詠んでいる。（略）子規が詠んだ最初のベースボール俳句は〝春風やまりを投げたき草の原〟であった。」(Heuvel and Nanae『Baseball Haiku』p.19)【注21】

子規のこの最初のベースボール俳句は「四月七日は、友人二人と板橋・王子方面の野へつくし狩りに行った。帰り道に、植木屋の多い片町を通りかかり、芝を養生する広場をみつけた。」(平出隆『ベースボールの詩学』１７８頁)「ボール狂には忽《たちま》ちそれが目につきて、ここにてボールを打ちたらんにはと思へり」(『筆まかせ抄』19頁）ということで作られたということである。

子規が詠んだベースボール俳句（九句）は、年代順にまとめると次のとおりである。

明治23（１８９０）年
　春風やまりを投げたき草の原
　まり投げて見たき広場や春の草
　恋知らぬ猫のふり也球あそび
　球うける極意は風の柳かな
明治29（１８９６）年

若草や子供集まりて鞠を打つ
　草茂みベースボールの道白し
明治31（1898）年
　夏草やベースボールの人遠し
明治32（1899）年
　生垣の外は枯野や球遊び
明治35（1902）年
　蒲公英（たんぽぽ）やボールコロゲテ通りケリ

以上が、子規のベースボール俳句（九句）であるが、子規のベースボールに対する思いが、刻々と変化していく様子が、よく表現されていると思う。

ところで、明治23（1890）年の三句めは「無邪気に球で遊ぶ猫になぞらえた」ものであるが、この句は、子規が大谷是空に、明治23年に撮った例の「ユニフォーム姿の写真」（写真8参照）を送った4月6日の手紙に添えられたものである。」（『新潮日本アルバム正岡子規』23頁）

また、同年の四句めは、ボールキャッチ（捕球）のコツをうまく表現したものだと感心する。つまり、柳が風でそよぐ様に（手前に）引きながらボールを捕ると、受けるショックが小さくなるので、手の痛さも和らぐことになる。

こうした明治23年の句からは、子規はすでに喀血しているものの（肺結核という病気を省みず）安静にすることなく、ベースボールに興じていたときであり、ベースボール（プレー）に向けた子規の並々ならぬ情熱が感じられる。

次の明治29（１８９６）年の二句めについて、平出（『前掲書』）は「草の青とボールの白との対比が、目に痛いほどである。病床に身を倒していても、子規はまだ夢想の中に、転々と転がっていく白球の運動を見ていた、あるいは、見ようとしていたのである。」（１８２頁）と述べている。

実は、この明治29（１８９６）年、子規は脊椎カリエスと診断され、３月27日に手術をしたのであるが、不成功に終ってしまう。そして、「四月下旬、再度の腰部手術が行われたが、これまたなんの効果もなく終った。五月三日付けの漱石あての手紙には、『再度ノ手術再度ノ疲労一寸先ハ黒闇々』とある。」（粟津則雄『正岡子規』２３６頁）と述べられているとおり、これ以降、子規は歩行困難になってしまい、寝たきりの生活を送ることになるのである。

その2年後の明治31（１８９８）年に詠まれた「夏草や…」の句については、夏井いつき『正岡子規』「子規二十四句・選」が、次のとおり解説している。

「夏草近くに位置する作者と遠くで野球を楽しむ人たちの声までもが、さりげなく活写されている一句です。あんなに好きだった野球ですが、この時期は自力で歩くことも難しくなっている子規。が、そんな病状をものともせず、明治三十一年二月には、新聞『日本』に『歌よみに与ふる書』の連載を開始し、いよいよ短歌革新にものりだします。」（『前掲書』23頁）

この一句を含め（その後詠んだ）明治32年と35年の二句からは、ベースボールが子規にとって、完全に別世界のものとなってしまったことがよく分かるが、病気が進行していく中、今度は「短歌革新」に意欲を燃やす子規の驚くべき才能と意欲（生き方）に驚嘆せざるを得ない。

6　子規のベースボール短歌九首（十一首）

子規は明治31（１８９８）年、不治の病の床にあって、ベースボール短歌九首を詠む。このベースボール短歌九首は、子規歌稿『竹乃里歌』に所収された（明治31年5月）作（『子規博館蔵名品集』「竹の里歌」18—19頁）であり、学生時代ベースボールに興じたことを懐かしみ、思い出しながら詠んだものである。

子規の連作短歌は、十首連作を中心とするものであるそうだが、子規『筆まかせ抄』が「九首」としたのは「ベース、ボールは総て九の数にて組み立てたるものにて、人数も九人づつに分ち勝負も九度とし pitcher の投げるボールも九度を限りとす　これを支那風に解釈すれば九は陽数の極にてこれほど陽気なものはあらざるべし　九五といひ九重といひ皆九の字を用ゆるを見れば誠に目出度《めでたき》数なるらん」（43—44頁）と述べていることと関係する。この点、黒沢勉『病者の文学正岡子規』は「こんなところにも子規の遊び心が働いている。」（１０３頁）と述べている。

子規のベースボール短歌（九首）は、左記のとおりであるが、「九首の短歌の並び順」が諸文献によって違っている。そこで、ここでは、『子規博館蔵名品集』「竹の里歌（ベースボールの歌）19頁」（写真15）は子規自筆のものであるので、これに従うことにした。

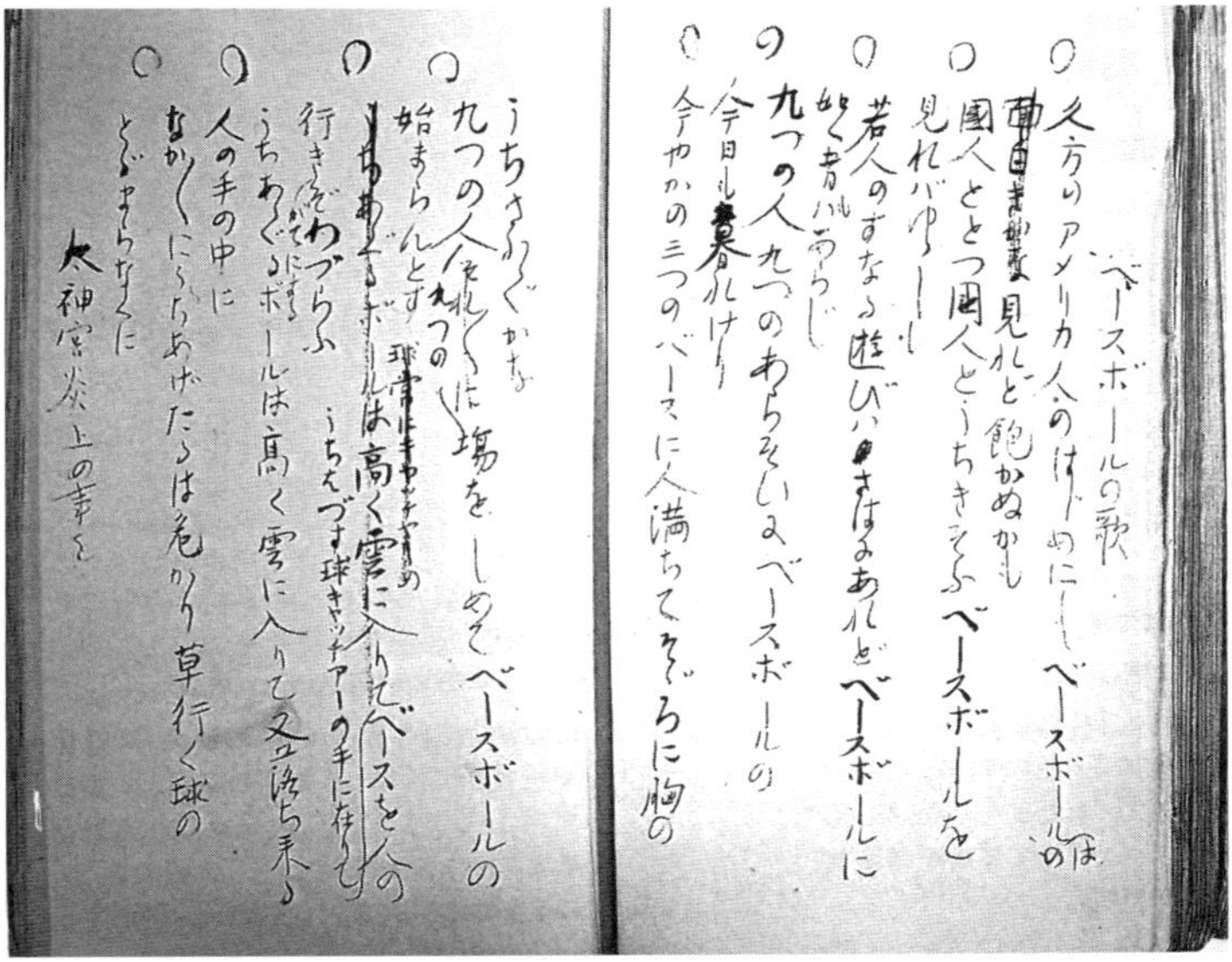

写真 15　子規の「竹乃里歌」の中にある「ベースボールの歌（九首）」

—「子規の自筆歌稿『竹乃里歌』は、明治十五年から始まる。（略）短歌の革新に乗り出すのは明治三十一年のことであった。」（『子規博館蔵名品集』18 頁）

〈出所：松山市立子規記念博物館編『子規博館蔵名品集』（2011）19 頁〉

久方のあめりかびとのはじめにしベースボールは見れど飽かぬかも

国人ととつ国人と打ちきそふベースボールは見ればゆゆしも

若人のすなる遊びはさわにあれどベースボールに如くものはあらじ

九つの人九つのあらそひにベースボールの今日も暮れけり

今やかの三つのベースに人満ちてそぞろに胸の打ち騒ぐかな

九つの人九つの場を占めてベースボールの始まらんとす

打ち揚ぐるボールは高く雲に入りて又も落ち来る人の手の中に

打ちはづす球キャッチャーの手に在りてベースを人の行きがてにする

なかなかに打ち揚げたるは危かり草

ゆく球のとどまらなくに

黒沢勉『病者の文学正岡子規』は、各首について詳しく解説しているので、以下、それを紹介しておきたい。ただし、ここでの紹介は、黒沢『前掲書』によるものを、著者が要約したものである。

「第一首『久方の』は天《あめ》や雨、月、光、空などにかかる枕詞である。（略）アメリカ人の始めたベースボールは見飽きることがないと野球の楽しさを歌ったものである。」

「第二首『とつ国』とは外国のこと。（略）国と国が争う野球の試合の興奮ぶりを言ったもので、ぞくぞくしてくるといった感じであろう。」

「第三首『若者がする遊びはたくさんあるが、ベースボールが一番面白い』と、野球礼讃の一首である。」

「第四首　野球に夢中になっているうちに日が暮れたということだが、九人が九回戦で行う野球というゲームの紹介にもなっている。」

「第五首『そぞろに』は何となく、という意味。満塁の時の自らなる胸の昂まりを詠んだものであろう。」

「第六首　試合の始まる時の気持ちの昂ぶりを詠んだものである。」

「第七首　フライボールが高々と上り、（落ちてきたボールを）しっかりと捕えられたという一齣。」

「第八首　打ちそこねたボールがキャッチャーの手にある。塁を出た走者はそれを見て進むか、戻るか迷っている、野球の面白い一齣を捉えたもの。」

「第九首『なかなかに』は、なまじっか、かえって、の意。ボールを打ち上げるのは格好よく見えるが、かえって危険だ。草の上を転がる球の方が、とどまることがないものを、とボールの打ち方を教えてもいる。」

（『前掲書』１０３―１０４頁）

このベースボール短歌について、久保田正文『正岡子規』は「ベースボールの歌九首をもって、試合の進行そのものを、ほとんど映画的にうたった子規とをあわせかんがえることも忘れがたい。」（１９２頁）と述べている。また、長谷川櫂『子規の宇宙』は「ベースボールの歌は、子規が訣別した青春時代をかなしみ、たたえる歌なのである。」（49―50頁）と述べている。さらに、楠木しげお『正岡子規ものがたり』は、第五首めについて、「満塁（フルベース）はきんちょうする場面です。胸がどきどきします。これは、ほとんど寝たきりの病床にあった」ときに、「『ボール狂』だった、十年ほどまえをおもいうかべてよんだものでしょう。どこにも病人らしいかげりがなくて、みずからプレイをたのしんでいるようにあるのは、『つよい精神力の病人』だった子規のすばらしいところです。」（46―47頁）と述べている。

そして、さらに、第一首めについて、島田修三『正岡子規』「私の子規愛誦歌二十四・選」は「アメリカ人の始めたベースボールはいくら見ても見飽きぬことだと歌う。天《あめ》にかかる古い枕詞を『アメリカ』にかけ、儀礼的な万葉語『見れど飽かぬかも』で結ぶ。（略）子規は第一高等中学校時代に野球（＊ベースボール）に関心を抱き、上野博物館横の空地で同好者と試合を行っている。回想詠であって、作歌当時の子規は結核に蝕まれていた。にもかかわらず、一首には健やかな気息がみなぎる。」（85頁）と解説している。

また、矢羽勝幸『正岡子規』は「『見れど飽かぬかも』は、字余りであるが万葉調になっている。初案は『面白きかな』」（6―7頁）（89頁・写真15参照）であったと述べている。

写真 16 －１　松山市（松山市駅付近）にある「子規堂」〈著者撮影〉

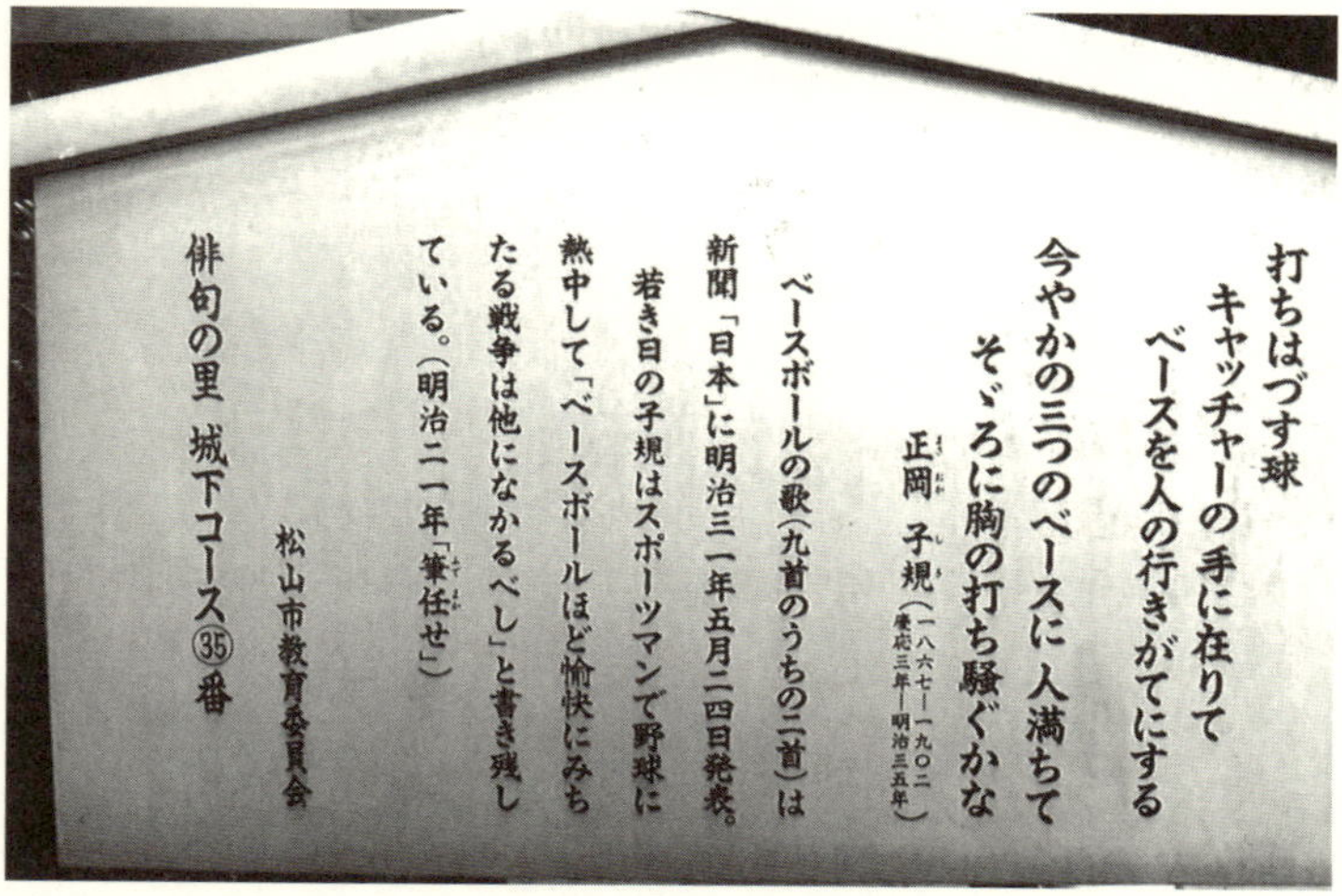

写真 16 －２「子規堂」入口（看板）にある子規の「ベースボール短歌」二首〈著者撮影〉

ところで、子規は右「九首」に加えて、翌明治32（1869）年に、もう一首ベースボールの歌を詠んでいるのである。その歌は、明治23年3月に写真館で撮影し、大谷是空に送った例の「ボールとバットを携えたユニフォーム姿」の写真（48頁・写真8参照）を取り出して、それを見て詠んだ歌であると言われている。その歌とは

「球及び球を打つ木を手握りてシヤツ著《き》し見れば其時おもほゆ」（『前掲書』42頁）

である。この歌について、平出隆『前掲書』は「哀切な一首」であり「愛着ある野球用具の物質感が呼び戻される中で、『其時』という言葉が暑い。そして、『其時』が遠い。」（185頁）と述べている。

なお、この「ベースボール短歌九首」は新聞『日本』に、明治31年（1898）年5月24日に掲載された。現在、その内の二首が、松山市の「子規堂」（写真16―1）入口前の看板に掲示され、人々の目を引いている（写真16―2）。

【注釈】（第1部、第1・2・3章）

【注1】ホーレス・H・ウィルソンは明治4（1871）年、お雇い外国人教師の一人として、28歳のときに、マリー夫人と3歳の息子ハリーとの3人で来日し、明治政府の洋学校・東京第一番中学で英語を教えた。そして、翌年、授業のかたわら、持参したバットとボールで生徒にベースボールを教えた。ウィルソンは1843年2月10日、メイン州ゴーラ

ムで生まれ、20歳のときに「南北戦争」に参加。その後、サンフランシスコ領事館員となり、そのルートから来日が決まった。明治9年の東京開成学校チーム対外国人チームの試合では、３番バッターでレフトを守った。その翌年の明治10（１８７７）年に帰国している。

帰国後は、サンフランシスコに住み、日本協会事務長などを歴任し、１９２７年3月4日、87歳で亡くなった。（島田明『明治維新と日米野球史』51―60頁、１１６―１２６頁）なお、ウィルソンは、２００３年に野球殿堂入りしている。（野球体育博物館編『野球殿堂２０１２』１６７頁）

【注2】「明治六年（一八七三年）の頃、今の帝國大學が開成校といつて（略）同校教師にウイルソン及び同校豫備門の教師にマヂエツトといふ二米人があつて、初めてベースボールなるものを同校の学生に教へた。これが恐らく我が國の空中にベースボールの球が飛んだ最初であらう。」と、庄野義信編著『六大学野球全集（上巻）』（5頁）に述べられているが、ベースボールの日本伝来は、明治5（１８７２）年が定説となっている。

【注3】黒沢勉『病者の文学正岡子規』は「ここで新聞『日本』の発行部数を掲げておく、子規の文学活動の拠点となったのがこの新聞であることを思う時、全国紙としての発行部数の多さに注意すべきであろう。」（１０３頁）と述べるとともに、（＊明治31年の）新聞『日本』等の発行部数表（１０２頁）を示している。それによると、新聞『日本』の発行部数は「東京府下が１４９万２５７６部。他府県下が３１４万２１４８部。在邦在留外国人宛が１８９７部。外国在留日本人宛が2万８２６３部（＊合計４６７万１３５２部）となっている。

【注4】飛田《とびた》穂洲《すいしゅう》について、君島一郎『日本野球創世記』は「飛田は水戸中学から早稲田大学に進み、筆者（＊君島）宇都宮中学、第一高等学校と進んだので、野球の好敵手である。明治41年5月に彼は早稲田の二塁手、筆者は一高の二塁手で試合している（結果は延長11回の末、一高が勝った）。終戦後は度々会っていたし、また文通もしていた。」（97頁）と述べている。

また、この飛田について、『立教大学野球部史』は次のとおり書いている（以下、著者要約）―飛田が早稲田の監督を務めていた大正8年夏には、立教の招聘コーチとなりチームを強化した。その後、立教野球部のリーグ戦（後の東京六大学）

加盟に尽力し、中大野球部も指導した。さらには、当時の野球害毒論（学力不振問題）に対し、野球擁護論の立場から、野球を精神修養の一環としてとらえる「野球道」の考えを主張した。飛田穂洲は「学生野球の父」と呼ばれた。

【注5】小関順二『野球を歩く』は、新橋倶楽部（平岡）は明治15（1882）年、二カ所にベースボール場を造ったと述べている。つまり、「平岡は、十五年鉄道局汽車課長となるに及んで、構内の芝浦寄りにアメリカをまねた美しく芝生を植えた本式のグラウンドを作り上げた」（38頁）のが最初で、「このグラウンドが手狭になった1882（明治15）年には品川の八ツ山下の広場に新たな野球場を作り、ここを『保健場』と名づけた。」（42頁）と述べている。

【注6】横井春野は早稲田大学卒で著述家、『野球界』を主宰、昭和7（1932）年に『日本野球戦史』を著した。

【注7】子規の母校となる「松山中学」は、現在の「松山東高」である。この松山東高が、平成27（2015）年「第87回選抜高校野球大会」に21世紀枠で選出され、82年ぶり2度目の出場を果たした。新聞各紙（1月24日付等）は「子規先輩やりました」（スポーツニッポン）、「正岡子規の後輩が82年ぶり切符」（サンケイスポーツ）、「野球を詠んだ子規」（東京新聞）の見出しで報道した。

なお、この「選抜大会」での松山東高は、一回戦では二松学舎（東京）と対戦し5対4で勝ち、二回戦に進んだ。しかし、二回戦では、東海四高（北海道）に3対2で惜しくも破れた。なお、一回戦で戦った二松学舎は、1881年当時14歳だった夏目漱石（金之助）が漢詩を学んだ「漢字塾」であったことから、「漱石ゆかりの両校による名勝負だった。」（『サンケイスポーツ』2015年3月26日付）と言われた。

【注8】明治十七年の予備門の入試は「受験者総数一〇六〇名、合格者は一七二名で、倍率は六倍を超えるというものであった。」（中村英利子編著『漱石と松山』5頁）

【注9】柳原極堂（1867―1957）は俳人・政治家であり、本名は正之で碌堂とも号した。子規の松山中学時代からの友人。俳誌「ほとゝぎす」を創刊するが、高浜虚子に発行を譲った。子規の顕彰に尽くした。子規は、極堂のことを「文友」としている。（土井中照『子規の生涯』43頁・69頁）

【注10】子規らがベースボールを行った上野公園（の広場）は、現在の「上野恩賜公園内にある、その名も『正岡子規記念

球場』」（小関順二『野球を歩く』16頁）となっている。

【注11】君島一郎は明治20（1897）年生まれ。明治41（1908）年一高卒。一高在学中、野球部二塁手として投打に活躍する。「1971年に学士会館会報で、野球発祥については諸説ある中で、ベースボールが日本に渡来したのが明治5年、発祥の地という場所は、現学士会館本館敷地であるとの見解を明らかにした。1972年には『日本野球創世記』を著し、（略）わが国の野球の生い立ちを理論的、また緻密で分かり易く紹介した。」ことが認められ、平成21（2009）年に野球殿堂入りしている。（「野球殿堂博物館展示資料」、『野球殿堂2012』195頁）

【注12】インブリー氏は、投石によって怪我をしたことになっているが、「石堂博士（元宇治火薬製造所に奉職）が石で擲《なぐ》つた」というのが真実であり、「國際問題も持上らんずる形勢であつたので、石堂は當時の校長木下廣次郎法學博士に自首して出た。」（庄野義信編著『六大学野球全集（上巻）』19頁）そうである。

【注13】「生麦事件」とは「文久2年（1882）8月21日、島津久光の行列が生麦にさしかかった際、イギリス人4人が騎馬のままで行列に遭遇し、怒った従士が殺傷した事件。翌年イギリス軍艦の鹿児島砲撃（薩英戦争）の原因となったが、幕府は責任を負い、償金10万ポンドをイギリスに支払った。」（『広辞苑（第六版）』）というものである。

【注14】「河東碧梧桐の『子規の回想』は子規の二十三回忌（大正末）に書いたものであり、更に三十三回忌（昭和九年）のときに『子規を語る』を書いて、それらを集め補筆したものが昭和十九年六月『子規の回想』となった。」（君島一郎『日本野球創世記』79頁）

【注15】「美満津《みまつ》商店」について、飛田穂洲『野球人国記』は「一高の全盛時代漸《ようや》く本郷の美満津《みまつ》が一定の型（＊のバットやボール）を選定したが、勿論一高選手の指圖《さしず》によるもの（略）」（9頁）であったと述べている。また、明治27（1894）年、美満津商店が50円をスポルディング社に送り、野球用具を購入、それを模倣に和製用具を作製したそうである。その後、ボール、マスク、グローブ、ミットなどの野球用具を売り出す専門店となったそうで、明治30（1897）年頃の「美満津商店のベースボール製品の価格一覧表」が中馬庚著『野球』（2―3頁）に載っている。

【注16】中馬庚著『野球』について、君島一郎『日本野球創世記』は「とにかくよく売れたようで、三十四年十一月には第

七版を出している。（略）定価は四十銭。明治三十年東京では蕎麦のもりかけは一銭五厘と記録にみえる頃の話で、（略）ともかく当時の学生達にとって高価で、私など買いたくても買えなかった。親は学業のためならともかく、遊び事の本を買うというのでだしてくれない。私たち中学では野球部の資金でやっと一冊買って大事にして皆で読んだものである。」（70頁）と述べている。

【注17】「明治14（1881）年、全国の小学校に初めての体操が教科として実施され、それに引き続いて中学校や師範学校でも、体操が教科として採用された。」（拙著『新版　概説スポーツ』8頁）子規が入学した大学予備門でも「体操」の授業は週4日（4コマ）行われていた。子規が入学した頃の予備門の時間割（子規記念博物館編『子規の青春』）によると、体操は「火曜日5限、水曜日4限、木曜日5限、土曜日4限」に行われている。

【注18】中馬庚の守備（ポジション）については「氏は實に野球界の老將なり。明治二十三年の交取手《こうとりて》（捕手）又は第二壘守將として第一高等中學校に選手たり、廿五年の交には取手として新撰手の牛耳を執り、驍名校《げうめいかう》の内外に震ふ。」（庄野義信編著『六大学野球全集（上巻）』「向ケ岡の十二勇（明治三十年六月）」35頁）と書かれている。

【注19】正投（ピッチ）とは、本来は「アンダーから、肘を伸ばして投げること」を言うのであるが、ここでは「正しい投げ方」という意味で使ったものと思われる。

【注20】現在のストライクゾーンは「打者が打撃姿勢をとったときの、肩の上部とユニフォームのズボンの上部との中間点に引いた水平のラインを上限とし、ひざ頭の上部のラインを下部とする本塁上の空間」（富田勝『攻撃野球』付録「要約野球のルール」12頁）と定められている。

【注21】アメリカにもベースボール俳句がある。Heuvel, Cor Van Den and Nanae Tamura『Baseball Haiku』は「最初のアメリカのベースボール俳句(short poem)は、Jack Kerouac（1922—1969)によって、子規の作から2分の1世紀以上経ってから作られており、その句は、Empty baseball field—A robin, Hops along the bench であった。」（27頁）と述べている。なお、子規のベースボール俳句（九句）は『Baseball Haiku』に、それぞれ英訳（short poem）されている。

資料1　正岡子規（とベースボール・野球）略年譜

西暦（元号）年	年齢（歳）	関係事項　◇社会の動向
1867（慶応3）年	0歳	（9月17日）子規、伊予温泉郡藤原新町（現松山市花園町）で生まれる。本名は常規、幼名は処之助（4・5歳の頃、升と改名）。 ◇6月、大政奉還。
1870（明治3）年	3歳	（10月）妹、律が生まれる。
1872（明治5）年	5歳	父、隼太が死亡する（38歳）。 アメリカ人教師ホーレス・ウイルソンが、東京開成学校（東大の前身）で学生にベースボールを指導する（日本伝来の嚆矢）。
1880（明治13）年	13歳	（3月1日）松山中学校に入学する。河東静渓（漢学）に学ぶ。五友（竹村鍛ら）を結成する。
1881（明治14）年	14歳	◇自由党（自由民権運動の中核となる）結成。
1883（明治16）年	16歳	（5月）松山中学校を中退して上京する。（10月）共立学校（現開成高校）に入学する。
1884（明治17）年	17歳	（2月13日）随筆『筆まかせ』の執筆を開始する（明治25年まで）。 （3月）常磐会給費生となる。 （9月11日）大学予備門予科に入学する。ベースボールに出合い、始める。新橋倶楽部の平岡凞を訪ねて（ベースボールの）指導を受ける。
1885（明治18）年	18歳	この頃から「俳句」づくりを始める。学年試験に落第する。 （7月3日・5日着～8月29日）上京後、初めて松山に帰省する。
1886（明治19）年	19歳	この頃、寄席に通う。（1月30日）「七変人評論」を作成する、ベースボールを「弄球（ろうきゅう）」と訳し親しむ。大学予備門が第一高等中学校に改称される。同校ベースボール会メンバーとして（対外）試合に出場する。

1887（明治20）年　20歳

この頃、ベースボールに熱中する。神田の下宿から第一高等中学校宿舎に入る。（7月中旬～8月末）松山に帰省、道後公園で勝田主計らとベースボールを行う。（12月25日）第一高等中学校（寄宿舎）ベースボール試合において、白軍キャッチャーを務めるも赤軍に破れる。

1888（明治21）年　21歳

（7月）第一高等中学校予科を卒業する。（向島にて）『七草集』作成に着手する。

（8月）鎌倉・江ノ島旅行中、初めて「喀血」する。

（9月）第一高等中学校本科に進学する。第一高等中学校ベースボール部組織される。常磐会寄宿舎に入る。この頃『筆まかせ』に「ベースボール」（絶賛の）解説を書く。

1889（明治22）年　22歳

（1月）夏目金之助（漱石）との親交が始まる。

（5月1日）『七草集』を脱稿する。（5月9日）二度目の「喀血」をした後、「子規（ほととぎす）」と号する。（7月3日・5日着～9月25日）勝田主計に付き添われ、松山に帰省し静養する。夏休み中、戯曲「啼血始末」を創作する。新海非風との合作で初のベースボール小説『山吹の一枝』の執筆を開始する。河東碧梧桐にベースボールを指南する。（11月30日）第一高等中学校のベースボール大会（試合）に参加する。

（12月）常磐会寄宿舎に「ボール会」を作り、ベースボール大会（試合）を行う。

◇2月、大日本帝国憲法公布。

1890（明治23）年　23歳

（3月）ユニフォーム姿の写真を撮り、4月6日大谷是空に送る。雅号に「野球（の・ぼーる）」を使用する。（3月21日）上野公園博物館横の空地で「第4回常磐会寄宿舎ベースボール大会」を行う（キャッチャー・1番バッターで出場）。

（7月）第一高等中学校本科を卒業する。（7月9日～8月26日）松山に帰省、松山中学生徒（高浜虚子ら）にバッティングを披露する。（9月）東京帝国大学文科大学哲学科に入学する。常磐会寄宿舎「舎人弄球番付及評判記」をまとめる。ベースボール俳句四句を詠む。

１８９１（明治24）年　24歳　哲学科から国文科に転科する。学年試験を放棄して木曽へ旅行、そのまま松山に帰省する。河東碧梧桐・高浜虚子に俳句を教える。「俳句分類」の仕事にとりかかる。

１８９２（明治25）年　25歳　（2月）小説『月の都』を完成させる（幸田露伴の好評得られず）。（7月）落第し大学中退を決意する。（11月）母・妹を東京に迎える。（12月）日本新聞社に入社する。

１８９３（明治26）年　26歳　（3月）（正式に）文科大学を退学する。

１８９４（明治27）年　27歳　（2月）上根岸「子規庵」に居住する。『小日本』を編集する。「能球」を使用する。

◇8月、日清戦争勃興。

１８９５（明治28）年　28歳　（4月）記者となり日清戦争（遼東半島）に従軍し、その帰途大喀血する。（5月）神戸病院入院、（7月）須磨院で療養後（8月）松山に帰省する。松山で50日余、夏目漱石と（寓陀佛庵で）同居する。

（10月）帰京途中、奈良で「柿食へば鐘が鳴るなり法隆寺」の句を詠む。

◇4月、日清戦争講和条約（下関条約）調印。

１８９６（明治29）年　29歳　（3月）脊椎カリエスと診断され腰部を手術する。（4月）再手術も失敗し、歩行困難（寝たり）となる。子規庵で句会をする。新聞『日本』にベースボールに必要なもの、競技場、ルールを説明、用語を漢訳する。『同新聞』に『松蘿玉液』を連載する。ベースボール俳句二句を詠む。

１８９７（明治30）年　30歳　「子規庵」で歌会を行う。柳原極堂が俳句雑誌『ほとゝぎす』を松山で創刊する。

１８９８（明治31）年　31歳　（2月12日）新聞『日本』に「歌詠みに与ふる書」の連載を開始する（短歌革新にとりかかる）。（5月24日）「ベースボール短歌」（九首）を新聞『日本』に掲載する。ベースボール俳句一句を詠む。（10月10日）『ホトトギス』東京に移っての第1号を発刊する。

１８９９（明治32）年　32歳　（12月）「紀行文─小石川まで」において「体操野球」の語を使用する。写生文をつくり、文章革新にとりかかる。ベースボール俳句一句を詠む。

1900（明治33）年　33歳

（8月13日）大量喀血（病状次第に悪化）する。（8月26日）夏目漱石が寺田寅彦と英国留学前に子規「根岸庵」を訪ねる（これが二人の別れとなる）（9月）写生文を主張する文章会「山会」を開催する。

1901（明治34）年　34歳

（1月16日）新聞『日本』に随筆『墨汁一滴』を発表する（7月2日まで64回連載）。
（9月2日）病床日録『仰臥漫録』を執筆する。

1902（明治35）年　35歳

新聞『日本』に随筆集『病床六尺』を連載（5月5日～9月17日）する。ベースボール俳句一句（「蒲公英（たんぽぽ）やボールコロゲテ通りケリ」）を詠む（以上九句）。
（9月19日）午前1時、死去する。

〈『本書』末『諸文献』より著者作成〉

第2部

明治と子規のベースボール（野球）を検証する

第４章　明治のベースボール（野球）の発展

１　子規がプレーヤーだった頃のベースボール

子規がプレーヤーとして、ベースボールを行った期間は、明治17（１８８４）年から明治23（１８９０）年３月までであったと思われる。そこで、子規がプレーヤーだった期間のベースボールの発展（経過）を、庄野義信編著『六大学野球全集（上巻）』「本邦野球沿革史（１）」から、次（①―⑥）のとおりまとめてみた。

①「明治十七（一八八四）年頃、工部大學においては、各團体を作り練習に怠りなく、コーチとして教師英人ストレンジ氏を仰ぎ、不完全ながらも試合をなしたることもある。」（４頁）

②「明治十八九年の頃は農科大學（＊駒場農学）は斯道《しどう》の覇者にて、工部大學これにつぎ、法學部は尤《もっと》も劣者たりしと云ふ。然れども野球（＊ベースボール）倶樂部として當時府下に雄視せしは（＊平岡凞率いる）新橋倶樂部」（13頁）であった。

③「明治十八年工部大學が東京大學と合併するに至り、二大學の豫備生も亦た合して一つとなり、東京大學豫備門の名の下にベースボール會も大に勃興し、（略）農學校（＊駒場農学）と相對峙して下らず、其技大に發達せしと雖《いへど》も、未だ新橋（＊倶楽部）と争ふまでに至らず。」（13頁）

④「明治二十年にいたり、平岡氏職を停《や》められ、（略）新橋倶樂部自《おのづか》ら解散し、随《したが》つて盟主の位置空しく、群雄逐鹿《ぐんゆうちくろく》の亂世となれり。（略）此間に第一高等學校野球部の祖先たる豫備門ベースボール會は一大進歩をなせしとはいへ、未だ雄を稱するに及ばず、（略）」（14頁）

⑤「當時試合の規則等完備せず、たゞ新橋のみは年々米國の新規則を用ひしも、學生は未だ悉《ことごと》く規則を用うる能はずして舊式《きゅうしき》を用ひ、投手はスヰフト（＊速球）を唯一の武器とし、取手はバウンド・キヤツチにして、第二壘《るい》のアウトなどは夢想だもせざるところなりき。『ストライキ・ボール』は分ちて高・中・下の三とし、（略）『ナイン・ボールス』であった。」（14頁）

以上を「草創時代」第一期とし、

⑥「第二期は二十年の春より二十三年の夏までにして、新橋倶樂部は解散し、各倶樂部盟主を争へる亂世なり。此際一時一方に雄を稱《とな》へしは駒場（農學校）、青山（＊英和学校）、白金（＊明治学院）にして、第一高等中學校は與《あずか》らず。」（16−17頁）

この様なベースボール界にあって、子規は、東京大学予備門ベースボール会のメンバーとして、「明治十九年の豫備門《よびもん》に於《お》ける寄宿新報《きしゅくしんぽう》に、赤組は正岡子規氏と岩岡保作氏と交互にピツチとキヤツチとになられ」（『前掲書』15頁）と書かれているとおり、プレーした様である。また、子規の明治18・19年の記憶によると、子規は（明治19年６月の校名変更に伴い）第一高等中学校ベースボール会のメンバー【注22】としても、紅白戦に出場したり、時々、工部大学や駒場農学、また新橋組や青山英和学校等と試合（仕合《マッチ》）をしたそうである（『松蘿玉液』34頁）。

しかし、明治21―23（１８８９―１８９０）年の子規は、（肺結核に罹ったこともあり、学校のベースボール会から離れて）常盤会寄宿舎の紅白戦や松山に帰郷した際に、ベースボール（の練習）を行った様である。記録に残されている子規のプレーヤーとしての最後の試合は、明治23年３月21日午後、上野公園博物館横空地で行われた「第四回常盤会寄宿舎ベースボール大会」であったと思われる。このときの子規は、赤軍キャッチャーで１番バッターとして出場し、３得点を上げている。

そこで、子規が（明治23年春頃まで）行っていたベースボールであるが、それは、明治23・24年の大きな変革前の（旧）方式であったと思われる。つまり、ピッチャーはアンダーハンドからの（バッターが打ち易いところに投げる）投球であり、また捕手や野手は素手で、ワンバウンド捕球するというものであり、バッターはナインボールで出塁するというものであった。

そして、こうした子規時代のベースボールは、明治23・24（１８９０・１８９１）年頃になって大きく変革されるのである。

２　第一高等中学校の躍進と競技法の変革

明治23（１８９０）年、（これまでベースボール界をリードしてきた）新橋倶楽部が解散した後は、残されたいくつかの倶楽部や学校ベースボール（部）との間で、試合が行われることになるのであるが、そうした中で、明治24（１８９１）年には、第一高等中学校（ベースボール部）【注23】が躍進を遂げ、覇権を握ることになっていくのである。

この第一高等中学校は、明治21（１８８８）年にベースボール部を組織するや、「新興の一高（＊一中）軍は、斯界《しかい》の先輩波羅《はら》大学（＊明治学院）を破り、翌年商業校（＊現一橋大学）を三十點の差で破つて意氣天をついてゐる。二十二年の春に一高（＊一中）の校舎は一ッ橋から本郷の向陵（＊向ヶ丘）に移り六千坪のグラウンドも出き、其の勢い當るべからざるものがあつた。」（横井春野『日本野球戦史』21頁）そうである。

この後、第一高等中学校は、一度、明治学院に破れるものの〝一高式猛練習〟【注24】を重ね、明治23（１８９０）年11月８日には、明治学院を26対２で破り雪辱を果たす。

この試合について、城井睦夫『正岡子規ベースボールに賭けたその生涯』は「この試合は、数年間、第一高等中学ベースボール会が東都に覇をとなえるきっかけとなった意義ある試合である。また、それまで、攻撃のときの打順は、ピッチャー、キャッチャー（略）というように、守備の順序にしたがっていたのを改めて、一番セカンド中馬庚、二番ショート伴宜、三番キャッチャー伊木常誠、四番ライト塩谷益次郎という様に、打順を工夫して組んだはじめての試合であった。」（１０６頁）と、この試合の意義深さを指摘している。

そして、それ以降の第一高等中学校の勢いは止まらず、溜池倶楽部【注25】を32対５で破り、続く翌明治24（１８９１）年には、溜池倶楽部を再び35対５で破り、さらに溜池・白金連合軍【注26】をも破って、ベースボール界の覇権を完全に握ることになる。それ以降、明治37（１９０４）年（早慶に破れる）までの14年間は、「一高黄金時代」となるのである。

明治23（１８９０）年11月、第一高等中学校が明治学院や溜池倶楽部を破った状況について、『慶應義塾野球部百年史（上巻）』は、次のとおり書いている。

「一高が時代を作ったのは二十二年本郷に移転し、全寮制度を採用して、野球熱が高まったためもあるが、（略）福島金馬投手がカーブの投球を完成し、アメリカからの新帰国者堀尾によって捕手ミットを他にさきがけて使用したからである。明治学院は捕手ミットがないためとカーブになやまされて敗退し、つづいて各学校の選抜チームである溜池倶楽部も破れた。」（『前掲書』２頁）

この間、競技法の変革も進められた様で、子規は明治29（１８９６）年の『松羅玉液』（七月十九日）に、高等学校のベースボールが、「やや完備せるは廿三、四年以後なりとおぼし。」（34頁）と述べている。また、『慶應義塾野球部百年史（上巻）』には「野球は明治二十三年に至って一大進歩をとげ、捕手が直接捕球しなければアウトとならず、ファウルも同様ワンバウンドキャッチではアウトとならず、直接飛球を捕球しなければならないことになった。従って上手投や横手投を許された投手の投球も大いに進歩し捕手はミットが必要となった。」（３頁）と書かれている。

３　一高野球部が初の国際試合（対アメリカチーム）に勝利

明治27（１８８４）年、第一高等中学校は（高等中学校令が廃止され）第一高等学校（一高）と改称される。また、この年は、一高の中馬庚がベースボールを「野球（やきゅう）」と訳したことから、正に一高は「一高野球部」（写真17）として、新たなスタートを切ったということになる。

しかし、「明治二十八年の球界は、日清戦争のたゝりで、沈滞その極に達した。慶應及び白金が聯合《れんごう》して向陵（＊一高）をおそい、美事に撃退された他特筆すべき試合がなかつた。之に引きかへ明治二十九年の五月二十三日に至り、史上特筆すべき一高對横濱外人の國際的大野球戰が行はれた。野球渡來以來最初の國際戰である。」（横井春野『日本野球史』30頁）

この国際試合前の状況について、君島一郎『日本野球創世記』は次のとおり述べている。

「私どもは（略）最初の国際試合はこの二十九年五月二十三日のものを当てることにしている。（略）この試合に一高チームの投手であり、五番バッターだったのが宇都宮産、青井鉞男《えつお》である。青井は一高野球部第三代の投手である。（略）青井の時には技力更に進んでもはや国内には全く相手になるものはなくなった。そこで、この上はいよいよ積年の志望である横浜の米国人と雌雄を決したいと、前年即ち二十八年に一度試合を申し込んだのであったが、『野球はわが国の国技なり、われ等の体幹諸君に倍す。敢えて辞す』ということで相手にされなかった。」（『前掲書』86頁）

アメリカ側が一高との対戦を断ったのは、右引用文にあるとおり、「日本（一高）の体格や技量が貧弱」であるからというのが表向きの理由であった。しかし、本当の理由は、もっと深いところにあったことを、大谷泰照「明治のベースボール」（エッセイ）は、次のとおり述べている。

写真 17　青井投手を擁する第２期黄金時代の「一高」チームメンバー（明治 29 年）
―前列左から２人目が青井投手、後列左から２人目の背広姿が中馬庚（顧問）
〈出所：君島一郎『日本野球創世記』ベースボール・マガジン社（1972）85 頁〉

「米ラトガー大学のドナルド・ローデン教授の最近の研究によれば、この時アメリカ側がこだわったのは、必ずしも一高生の体格や技量だけではなかったらしい。実は、一高チームの対戦に応じること自体が、そのまま日本人をアメリカ人と対等に認めることを意味し、これはアメリカ側にとってはとうてい同意しがたいことであったという。いわゆる『不平等条約』による治外法権を認められた当時の横浜在住の欧米人たちの目には、日本人はそれほどまでに劣等な国民と映っていたのである。」（「前掲書」３１２―３１３頁）

これに関連し、島田明『明治維新と日米野球』は、この横浜居留民たち【注27】が一高（日本人）を「劣等な国民」であるとみなした背景には、明治23（１８９０）年5月17日の「一高対明治学院」の試合で起きた「インブリー事件」（第2章3参照）が関係しているとして、次のとおり述べているのである。

「善良なインブリーを傷つけた一高に対して、居留民たちのショックが残っていたのです。ドナルド・ローデンは米国歴史学会に、『彼らは排外的であり、サムライのように野蛮で、文明とは程遠い（学校とは言えない）要塞（Bastion）のようだ』と、一高に対する居留民の感想を述べています。」（『前掲書』68―69頁）

こうした状況の中から（インブリー事件から6年経った）明治29（１８９６）年、一高の青井鉞男【注28】は（前年に引き続き）再度、横浜に出かけて行って交渉するとともに、「本校 W. B. Mason 先生亦大に周旋の労を取られ、其紹介を得て彼（＊青井）と議し、遂に明治二十九年五月二十三日午後三時を以て横濱に會戰せんことを約す（略）」（『向陵誌　第二巻』「野球部部史」６６３頁）ことにこぎ着けたのであった。

そして、横浜アメリカ居留民（チーム）である「ＹＣＡＣ（Yokohama Cricket and Athletic Club）から、念願の招待状が一高にとどきました。書状には、『明治29年（１８９６）５月23日、横浜の居留民グラウンドにおいて』」（島田（『前掲書』）69頁）と書いてあったとのことである。

「いよいよ決戦（第1戦）、「午後三時ストーン氏を審判官として戦は開かれぬ。我が先づ守る。球は米國製新球なり（略）」（『向陵誌　第二巻』６６４頁）となるが、横井春野『日本野球戦史』は、試合前の両チームの状況と試合結果について次のとおり述べている。

「一高方は、結束して練習し雨の降る日は廊下でキヤツチボールをすると云う熱心さであつたが、アマチウアクラブ（居留地外人の組織しているクラブ）方は、一高何ものゾとおごりたかぶつている。数日前から雨が降り、試合當日も雨が降つてゐたが、小降りになるのを待《まつ》て試合は開始された。審判は米人ストーン氏であった。試合は像想《よそう》に反して廿九對四で凱歌は一高にあがつた。其夜一高校庭で寄宿生一千が集まつて、盛大な祝勝會《しくせうかい》が行はれた、若人は樽を抜き冷酒に醉うて、夜を徹して狂踏亂舞《きうとうらんぶ》した。」（『前掲書』30—31頁）

この「国際試合」【注29】について、一つ付け加えておくと、渡辺融『比較文化研究』第21号「ベースボールから野球へ」（1—54頁）は、一高の勝利と米軍の敗戦に関して、「この勝利はJapan Weekly Mail（1896.6.13）の記事によれば、外国人側は居留民のウィークエンドプレーヤーの集まりであり、一高側は若くてよく練習をつみ、スマートで守備がうまいので勝つのが当然であると報じている。客観的に見ればこの見方が公平であろう。」（18頁）と述べている。

ところで、この国際試合は、その年、第４戦（明治30年の試合を入れると第６戦）まで行われている。そこで、表４は、第１戦から（翌年の）第６戦までの試合結果を（著者が）まとめたものであるが、米人アマチュア（ＹＣＡＣ）チームは、何と第４戦での一勝しか上げることができなかったのである。第３戦まで、思いもよらず敗退したアメリカチームは、このままでは引っ込みがつかない。第３戦の試合後、アメリカ側から７月４日にぜひもう一度やってもらいたいとの熱心な申し入れがあった。７月４日は「アメ

表４　一高野球部対横浜アメリカ居留民（YCAC）チームの試合結果

〈注〉YCAC = Yokohama Cricket and Athletic Club

試合（回戦）	期日	場所	結果	備考
1	明治 29 年 5 月 23 日	横浜 YCAC グラウンド	29 対 4 一高勝利	数日前から雨、試合は小降りになってから開始された。 アンパイアは米人ストーン。青井投手初回 4 点失うも、以降好投し勝利に導く。
2	明治 29 年 6 月 5 日	横浜 YCAC グラウンド	32 対 9 一高勝利	アンパイアは米人ストーン。軍艦チャールストン号とデトロイト号から選手を選抜する。 一高 5 回までに 12 点、さらに 6 回 7 点、7・8 回に 6 点、9 回 7 点（の計 32 点）を加えた。
3	明治 29 年 6 月 27 日	一高 向ヶ丘 グラウンド	22 対 6 一高勝利	アンパイアは中馬庚。軍艦デトロイト・チームが向ヶ丘へ出向く。 青井投手ホームランを打たれるも、好投。観衆 1 万人が向陵へ押しかけた。
4	明治 29 年 7 月 4 日	横浜 YCAC グラウンド	14 対 12 アメリカ勝利	アメリカ独立記念日。軍艦オリンピアの水兵チャーチ（元プロ・プレーヤー）がピッチャーで青井と投げ合い、9 回土壇場でアメリカが逆転勝利した。 雨上がりで、芝生がよく滑って、足袋はだしの一高生を悩ました。 アメリカ軍はバントを弄んだ。アメリカは YCAC と軍艦オリンピアの連合軍だった。
5	明治 30 年 6 月 3 日	横浜 YCAC グラウンド	15 対 6 一高勝利	アメリカは YCAC チーム。一高投手は（第 4 代）藤井国弘（青井は不出場）。
6	明治 30 年 6 月 8 日	一高 向ヶ丘 グラウンド	＊18 点の大差 一高勝利	一高・東京帝国大学混成チーム（当時日本最強）。 アメリカは軍艦ヨークタウン選手。 第 4 戦でピッチャーをしたチャーチは不出場（青井好投、第 4 戦の雪辱果たす）。

〈君島一郎『日本野球創世記』ベースボール・マガジン社（1972）、島田明『明治維新と日米野球史』文芸社（2011）等より著者作成〉

リカ独立祭」の日であり、祖国の面目にかけてもどうしても勝たなければならないという意志表示であった。当時の新聞記事は（この第4戦を）「独立祭の役」と書いたそうである。

この試合（第4戦）で、アメリカ側は軍艦オリンピアの水兵チャーチという元プロ選手をメンバーに入れてくるのであるが、「アメリカ側はこの男を前回即ちデトロイト戦の時に連れて来てネット裏から（＊一高の名投手）青井の球筋を充分に研究させた。」そして、さらに「一週間で選手達の打法を変えさせた。また、捕手モナハン、三塁手スタンレーは共に軍艦オリンピアの士官で学生時代本格的な野球をやった練達の士である。アメリカ独立祭の名にかけての決戦だったのである。」（君島一郎『日本野球創世記』90頁）

結局、この第４戦は、雨上がりで湿った芝生がよく滑って、足袋はだしの一高生は苦戦をし、エース青井も打たれ、14対12で、一高は（初めて）破れたのである。

この第４戦で敗れた一高について、君島『前掲書』は「この試合の教訓をとり入れて、一大革新を行ない、攻守とも一段の進歩を画した。そのうちの一つは、これまで選手九人中、捕手の他は素手で、ピシャリピシャリと熱球をとり外人方が目をむいて驚くのを、心中ひそかに誇りともしていたのであったが、これを改めて全員にミットまたはグラブを用いることにし、同時に用具の製作にも力を注いだ。二つにはいわゆる科学的打法の研究であった。」（90頁）と述べている。

以上、初の国際試合（日・米戦）の第４戦までについて、その概要を述べたが、さらに大谷泰照「明治のベースボール」は、この日・米戦について、次のとおり貴重なデータを紹介している。

「その後八年間に、一高はアメリカ人チームとさらに（＊明治30年以降）九度対戦したが、六対五で惜敗した一試合を除けば、残りはすべての試合に勝っている。二七対〇や三四対一などといった一方的な試合も相変わらず目立ち、合計一三試合の総得点は、一高側二三〇点に対してアメリカ側はわずか六四点に

すぎなかった。いったいどちらの側の国技なのか、と疑われても仕方のない結果であった。」（３１６頁）

こうした試合結果からみても、当時の一高の実力は相当なレベルに達していたと言えるであろう。

そして、この国際試合の模様は、新聞によって大々的に報じられたことから、わが国の野球熱は一気に高まっていったということである。さらに、明治30年代になって、各チームがミットやグラブ、マスク等を積

写真 18　明治 30 年代の野球用具

〈出所：「野球体育（現殿堂）博物館」展示資料〉著者撮影

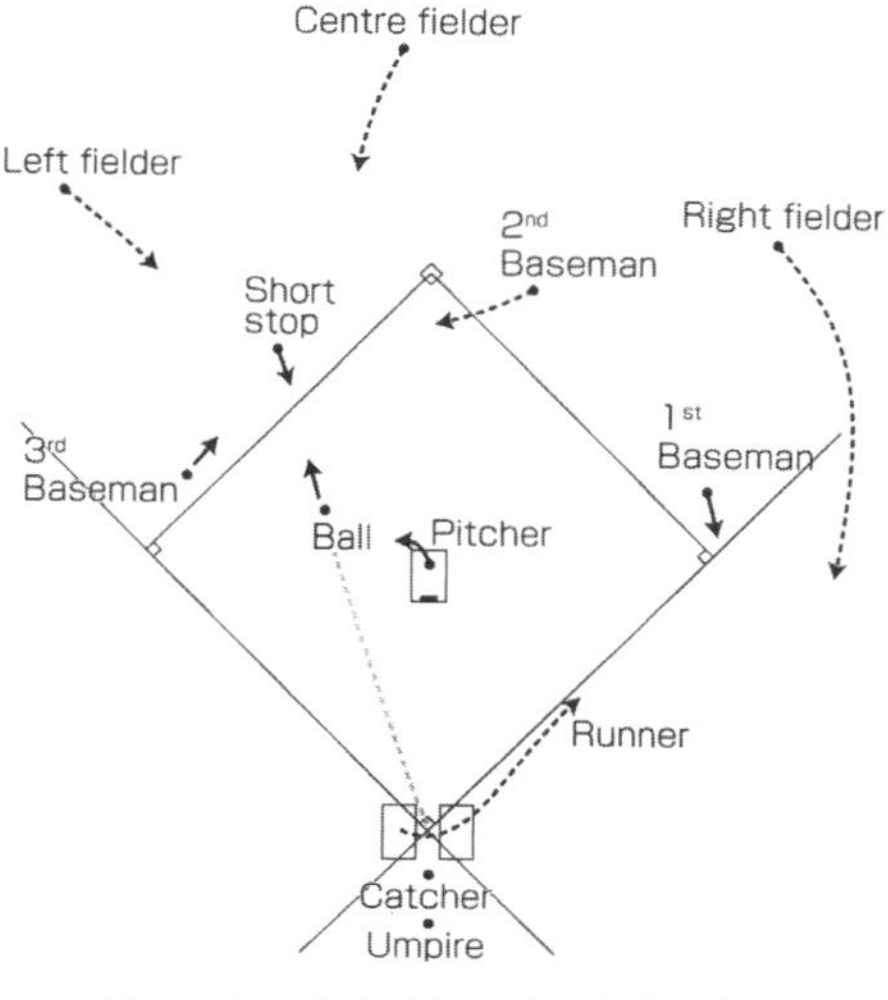

図３　明治 30（1897）年出版の中馬庚『野球』に見られるショート・ゴロのときの守備・カバー体制

―第九図「ごろショート・ストッパーに来る全軍変形の図」と説明されている

〈出所：中馬庚『野球』前川文榮堂出版（1897）12 頁＊復刻版（ベースボール・マガジン社）〉

極的に使用する様になっていったのも、そのきっかけは、やはり、この国際試合（でアメリカに勝利したこと）であった（写真18）【注30】。

ちなみに、当時の野球技術については、明治29（1896）年に出版された高橋慶太郎編『ベースボール術』に絵入りで示されている（81頁の図2参照）。また、明治30年に出版された中馬庚著『野球』には「ショート・ゴロのときの守備態勢図」（図3）や「魔球（多種のカーブ）の投げ方」が絵入りで解説されている（図4）など興味深いものである。この点、渡辺融（『比較文化研究』）は「この著書（＊『野球』）はかなり強い影響力をもっていたといえるであろう。」（18頁）と述べている。

こうして、明治30年頃から、（日本の）野球は競技面、技術面、用器具面において一段と進歩していくことになるが、写真19は、明治38年の「慶應義塾野球部」メンバーを撮ったもので

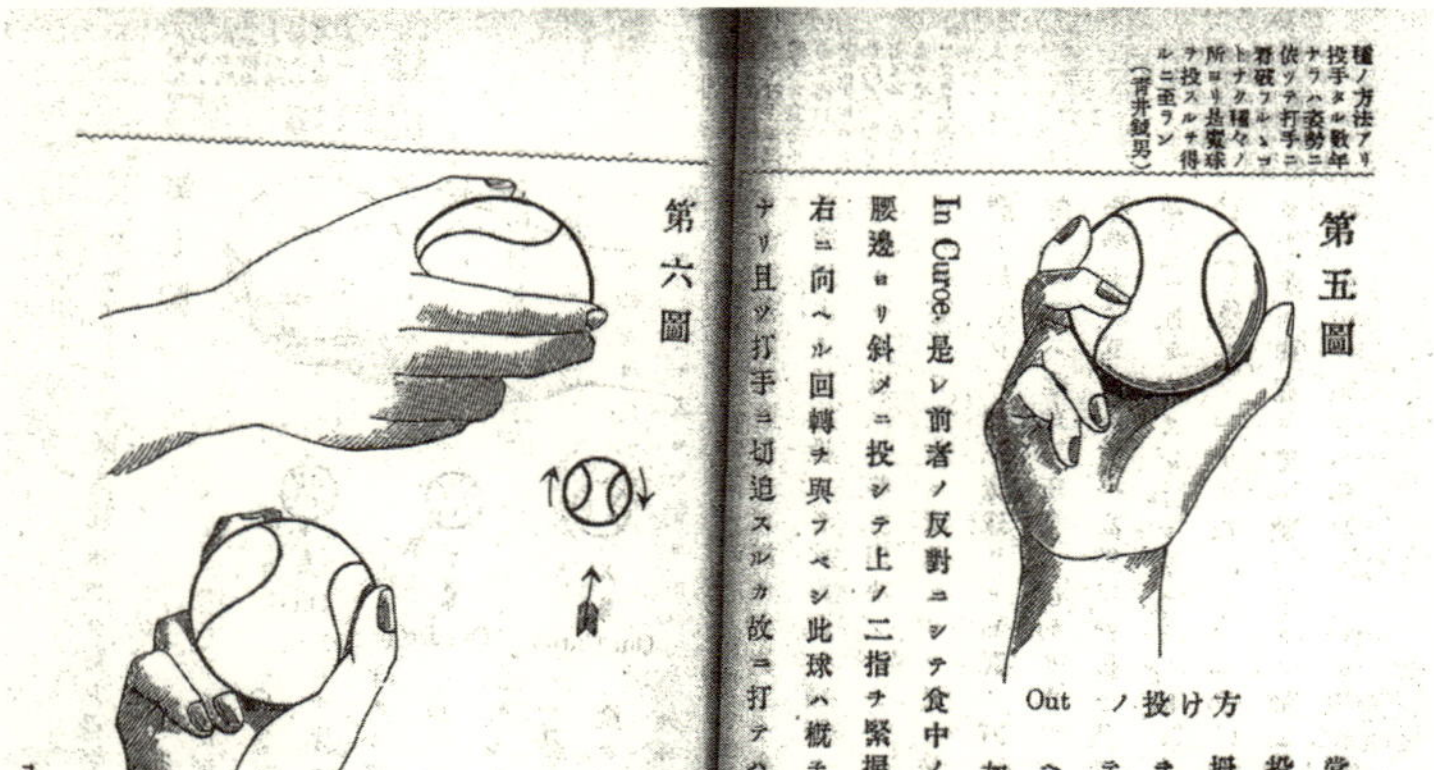

図4　中馬庚『野球』に見られる「In Curve」（第五圖）と「Out」（第六圖）の投げ方の図示と解説文

〈出所：中馬庚『野球』前川文榮堂出版（1897）80―81頁＊復刻版（ベースボール・マガジン社）〉

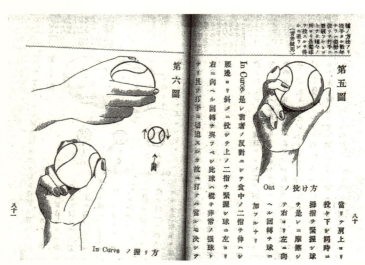

写真19　明治38（1905）年頃の慶應義塾野球部のメンバー

ーユニフォーム、野球用具もすっかり揃った様子が見られる。前列左から2人目が平沼亮三
〈出所：『慶応義塾野球部百年史（上巻）』（1960）〉

ある。このチーム（メンバー）のユニフォーム姿は、この頃では大変立派なものになっており、また野球用具も整っていることが、この写真から分かるであろう。

4　子規没後のベースボール（野球）の発展

子規は、明治29（１８９６）年3月17日、「カリエス」と診断される。よって、第3章3で紹介した『松蘿玉液』の3回にわたる執筆は、「カリエス」と診断された後のことである。

明治31（１８９８）年には、病床の中で、かつてベースボールを行ったときのことを思い出しながら、「ベースボール短歌九首」を詠んでいる。また、ベースボール俳句九句は、明治23（１８９０）年―明治35（１９０２）年にかけて詠んだものである。そして、子規は明治35（1902）年9月19日（午前1時）にこの世を去ったのである。

子規没後の明治37（1904）年、子規時代のベースボール・野球（の発展）は、さらに大きな転換期を迎えることになる。それは、早稲田と慶應義塾が同時に強豪一高を撃破したことから、「早慶時代」を迎えることになるし、また早稲田野球部は、翌明治38（1905）年、（日本野球界初の）アメリカ（西海岸）遠征を行うのである。ちなみに、早稲田のアメリカ初遠征は、4月29日から6月12日にかけて（スタンフォード大学やワシントン大学、海軍兵学校等と）26戦を戦い、7勝19敗の成績であった（『早稲田大学野球部百年史（上巻）』90—93頁）。

いずれにしても、この早稲田のアメリカ遠征が、日本野球界のさらなる向上—科学的野球術の採用や練習法の改善、スパイクやグラブの使用等—と発展を促すことになった。そして、この頃には大学のみならず、各地で中等学校（現高等学校）の対校戦も盛んに行われる様になり、やがて大正時代に入ると、全国大会が行われることになっていくのである【注31】。

5　アンパイア（審判官）の定位置は決まっていなかった

ここで、ベースボールのゲーム進行において、絶大な役割りを果たしたアンパイア（審判官）について述べておくことにしたい。

まず、アメリカ初期のベースボール試合の様子を描いた絵（プリント）（14頁・写真1参照）を見ると、「アンパイアは、ホームベースの右側に立っている」。このアンパイアの位置は（一カ所に）定められているものと思っていたが、これはどうもそうではなかった様である。

　カートライトが１８４５年に作成したルールの第17条〈第1章１（２）参照〉には「ゲームに関するすべての食い違いは、アンパイアによって裁定されること、裁定後の抗議は受け付けられない」とされているとおり、アンパイアは試合において絶対的な権限を持っており、試合中は「アンパイアはキャッチャーの後に立つことが多いが、場合によって、あちこちに移動する」（佐山和夫『古式野球』１８６頁）ことができたそうである。

　日本の場合は、どうだったのであろうか。明治30（１８９７）年に出版された中馬庚著『野球』には「審判官に対しては、対話するときは脱帽して敬語を使用すること」や「審判官の命に従わない者や不敬の言行があった者には退場を命する」（２４６頁）ことができると書かれている。そして、写真を見ると、審判官（アンパイア）は、やはり（今と同じ）キャ

写真20　三田の稲荷山グラウンドでの試合の左打者（明治30年頃）
―長方形の空地では、外野（ライト）が正規の守備位置をとれなかった
〈出所：『慶應義塾野球部百年史（上巻）』（1960）〉

写真 21　松山中学対松山師範学校の試合

―明治 33 年 11 月（松山中学グラウンド）。当時の野球は投手の後に審判がおり捕手は中腰で構えている。捕手はミットと面をつけているが、野手は素手である。バックは松山城、グラウンド奥にはユーカリの木が植えられている

〈出所：松山東高校野球史編集会編『子規が伝えて 120 年』（2009）28 頁〉

ッチャー（捕手）の後方に位置している。

しかし、明治30（１８９７）年頃の「稲荷山の空地での試合」（『慶応義塾野球部百年史（上巻）』）の写真（写真20）や、明治33（１９００）年11月、松山中学グラウンドで行われた試合（松山東高野球部史編集委員会編『子規が伝えて１２０年』）の写真（写真21）では、アンパイアはピッチャーの後方に位置しているのである。

こうした日本の例から見ても、当時のアンパイアの位置は（現行の）キャッチャーの後方に立つとは決まっておらず、ピッチャーの後方に立つ場合もあったということである。しかし、先の佐山『前掲書』が述べている様に、日本の場合、アンパイアが試合中、あちこちに移動したかどうかは（当時のルールや書いたものがなく）定かではない。

第5章　子規のベースボール術を検証する

1　子規の「勝負附」（スコアー表）の解明

(1) 子規作成の「勝負附」

明治23（1890）年3月21日午後、「第四回常盤会寄宿舎ベースボール大会（紅白試合）」が行われた。子規は試合前日の20日、この日に備えて「黴毒《ばいどく》病院空地で練習」（平出隆『ベースボールの詩学』178頁）をしており、この試合への意気込みを見せている。

この試合について、城井睦夫『正岡子規ベースボールに賭けたその生涯』は「『ベース、ボール勝負附』と題して、『筆まかせ・第三のまき』に次のような記事として出ている。」（108頁）とし、子規が記録した「勝負附」―先の47頁掲載の表2参照―とともに、次の文章を紹介している。

「此日ハ朝より小雨のふりいでたるに　一時ハ皆延引せんといひたれども　佃氏の主張により又ゝ気を取り直して身軽に支度をと、のへ　午飯後上野公園に向ひける、今年ハ例年よりも暖気強きにや　彼岸桜ハ大方に咲きそろひし頃なれば　雨にもか、はらず公園ハ群集の山をきづきたり。ボールを始めしや否や往来の書生、職人、官吏、婦人など皆立ちどまりて立錐《りつすゐ》の地なし　然るに第五番（＊回）頃の勝負に至りて　雨勢の少し増しけるにぞ　群集は一人へり二人へリ　終にあとかたもなくなりけり、併し勝負全く終へて帰途に就く頃ハ雨も全く晴れにき、此日の遊びハ常磐会寄宿舎のベースボール会の第四の大会なるが今年一月の頃施行せし時にくらぶれば皆非常の上達を現したり」（『前掲書』１０９―１１０頁）【著者傍線】

というのが「紅白試合」の様子であったが、表2の「勝負附」からは、子規は赤軍のキャッチャーで、１番バッターとして出場し、４回出塁して3得点を上げていること、またチームも22対7で勝利したことが分かる。

しかし、表2の「勝負附」（現存最古のスコア表）であるが、どう見てもほとんど理解できない。この点、和田茂樹『子規の素顔』も「略語も何回実施したかも判定しがたい。野球通の方に是非ご教示頂きたい。」（１４０頁）と述べているし、かつて東大野球部監督をしたことのある神田順治【注32】でさえも、「いまとなっては判断しようもない」（『子規とベースボール』40頁）と、この「勝負附」の解明については、両者とも全くのお手上げであると述べている。

実際、今日に至るまで、未だこの「勝負附」の解明はなされていない。

（2）「勝負附」解明の試み

著者も、当初、この「勝負附」を目にしたとき、とてもこれを解明するのは無理であると思った。

しかし、明治29（1896）年に出版された高橋慶太郎編『ベースボール術』の「明治29年6月5日に行われた一高対アメリカ（横浜居留地）チーム（の国際試合第2戦）の勝負表（表5）」（39―40頁）を目にしたとき、表2（の「勝負附」）を「1回から、打順にそって、3アウトになるまで、打撃結果を記入していく」ことを思いついた。そして、この手順で記入を進めていったところ、表6の「スコア表」ができ上がったのである。表6からは、各回ごと、どの打者から始まり、どの打者で3アウトになったかが明らかになったし、各回何得点したかも明らかになった。

また、「勝負附」に記入されている諸「符号」についても、やはり、高橋編『前掲書』に書かれている左記の説明が参考になった。

「○　HBに歸りたる記號（＊得点）

×　out の記號其右肩に１２３F又Hと記すへしこれは1B 2B 3B F1 HBの out なり（X^1 X^2 X^3 X^F X^H）

S　三人の out 生し打方より fielding に代らんとする際ベースにありたる走者をStanding《スタンディング》と云ひSを以て其記號とす之れは計算に入れさるものなり」（『前掲書』38頁）

そこで、「勝負附」（表2参照）に用いられている諸符号であるが、当初は「○は得点、×は三振または（他

表5　一高対アメリカ（横浜居留地）外国人チームの勝負表
—明治29（1896）年6月5日（於横浜）

Seat	Names ＼ Innings	I	II	III	IV	V	VI	VII	VIII	IX	Sum
SS	井原	○	×′		○	S	×′		○	×′	3
3B	村田	X^{F}	×″		○		○$\times^{F}$		×′	○	3
1B	宮口	×	×‴		×′		○	○	○	○	4
LF	富永	○		○	×′		○	○	×″	○	5
P	青井	○		○		×′	○	×″	×′	$\times^{H}$	3
C	藤野	×′		×″		×	×′	○	S	○	2
2B	井上		○	$\times^{H}$		○	○	×′		○×′	4
RF	上村		○	$\times^{H}$		○	○	○		○	5
CF	森脇		○		×′	×‴	○	×″		○	3
	Total	3	3	2	2	2	7	4	2	7	32

Seat	Names ＼ Innings	I	II	III	IV	V	VI	VII	VIII	IX	Sum
3B	Fllis	×″		×		○		×′	S	×‴	1
LF	Chipmeo	×′		$\times^{F}$		S		×″	S	×‴	0
CF	Abel	S			×′	×		S	$\times^{F}$	S	0
C	Golden	×			×′		○	×‴		○	2
2B	Douglas		$\times^{F}$		×′		×′	S		○	1
P	Callen		×′			○	×″	S		○	2
RF	Wittny		×			×′	S		○	×‴	1
SS	Tilden			S		○	$\times^{F}$		×″	○	2
1B	Casery			×		×″	S		$\times^{H}$	S	0
	Total	0	0	0	0	3	1	0	1	4	9

此勝負は32に對する9にして高等學校は23の大勝なり

〈出所：高橋慶太郎編『ベースボール術』同文館（1896）39－40頁〉

の）アウト、Sは残塁、Foはフライアウト、1stは1塁アウト、Lはラインアウト（塁間でのタッチアウト）」としていた。

しかし、城井睦夫『前掲書』が子規の「勝負附（表2）」について述べている中で、「Foは、Foul Bound Outの略でファウルを打ってのアウトをあらわしている。（略）当時は、ファールボールはすべてアウトになっていた」（111頁）と書いていることから、Fo符号については、この城井説を取り入れることにした。よって、最終的には、全ての符号（の意味）は、表6の欄外下に記載したとおりとした。

こうして解明された新たな「勝負附（スコア表）」（表6）からは、改めて、この試合は22対7で赤軍が勝

表6　子規が残した「勝負附」の解明〈著者が表2を改変〉

明治23（1890）年3月21日午後「第4回常盤会寄宿舎ベースボール大会」

	守備	名前／回	1	2	3	4	5	6	7	合計得点
白軍	C	勝田	○		○		1st		1st	2
	P	佃	○		1st		○			2
	S	渡部	1st		×		Fo			0
	1st	吉田	S		×			○		1
	2d	土居	1st			×		S		0
	3rd	河東	1st			S		×		0
	R	伊藤		L		×		1st		0
	Ce	山崎		1st		1st		×		0
	L	山内		×			×		S	0
		横山			○		○		×	2
		得点	2	0	2	0	2	1	0	7
	守備	名前／回	1	2	3	4	5	6	7	合計得点
赤軍	C	正岡	○	○	S		○Fo	Fo		3
	P	竹村	○	○		Fo	○	○Fo		4
	S	寒川	S	○		○	○	○	1st	4
	1st	小崎	Fo	S		○	○	○	○	4
	2d	高市	×	×		×	×	S	1st	0
	3rd	五百木	×		1st	S	S	S		0
	R	大原		1st	×	Fo	Fo	×		0
	Ce	山田		○	○		○○	○		5
	L	新海		×	×		○○	S		2
		得点	2	4	1	2	8	4	1	22

（注）○＝得点　×＝三振またはフライアウト　S＝残塁　1st＝一塁アウト　Fo＝ファール（バウンド）アウト　L＝ライン（塁間）アウト

ったこと、また試合は（9回ではなく）「7回2アウト」で終了していたことが明らかになった。もちろん、「7回2アウト」で終了しているとの判断は、アウト数が各チーム「20個」だからである。この点、城井『前掲書』は「試合は七回で終ったのだろうから、両軍ともアウトは21であるはずだが表は、それぞれ20となっている。おそらくアウト（＊1つ）を残塁（＊S）に書きちがえたのだろうと思う。」（111頁）と述べている。

いずれにしても、難解と思えた子規が残した「勝負附」は、これで、一応は解読できたものと思う。しかし、ではなぜ（9回ではなく）「7回」で終了したのであろうかという、新たな疑問が生じてくる。このことについては、次の（３）で、改めて述べていくことにする。

（３）「勝負附」解明後に残る疑問

まず、表２・表６の「勝負附」を見ると、この試合は白軍10名、赤軍９名で戦っている。なぜ、こうなったのかと不思議に思うが、これは恐らく、宿舎の仲間同士による親善試合なので、参加した19名全員が出場できる様に配慮したためであろう。

ところで、この試合について、関川夏生『子規、最後の八年』は「彼らは観客なしの雨中で、第九イニングまで試合をしとおした。」（15頁）と述べている。また、坪内稔典『正岡子規の楽しむ力』（82頁）も和田茂樹『子規の素顔』も、「勝負は全く終えた」（１４０頁）と述べている。

これは、恐らく、先の『筆まかせ・第三のまき』の引用文の傍線部「勝負全く終へて」と、子規が書いていることを根拠に述べたものと考えられる。しかし、実際には、９回ではなく７回で終わっているので、子規が言っている「勝負全く終へて」という意味は、「９回までやった」という意味ではなかったということになろう。

では、なぜ、７回で試合を終了したのであろうかということになるが、それは、昼食後上野公園に行って、それから（準備をして）試合が始められたため、開始が遅くなった。また、当時の試合は打者は自分の要望する高さにボールが来なければ打たなくて良かったし、しかもナインボール出塁制をとっていたので、投球に多くの時間を費やした。よって、ある試合では「午前十時に始まって夕方終了する」（『慶應義塾野球部百年史（上巻）』２頁）といった様に、長時間を要した。さらに、試合途中、雨が降り出したので遅延したかも知れない。結局、７回裏を終了した頃には、辺りはすっかり暮れてしまい、また両チームの得点も「22対7」と大差がついていたことから、「勝負あった」ということにしたのではなかろうか。つまり、子規が「勝負全く終へて」と書いたのは、「9回裏（最後）まで終了した」という意味ではなく、「日も暮れてしまい、得点も大差がつき、勝負は完全に決着した」という意味であったと考えられるのである。

2　メンバーのベースボール技量

表7は、明治23（１８９０）年当時の常磐会寄宿舎「ボール会」メンバーのベースボール技量を、子規が判定（私見）した『舎人弄球番附及び評判記』である。

これによると、寄宿舎メンバーのベースボール技量（術）は、東方大関に竹村鍛《きとう》、西方大関に勝田主計《しょうだかずえ》となっている。竹村は河東碧梧桐の兄（＊河東静蹊の三男）であり、先の「勝負附」（表2・表6参照）によると、赤組ピッチャーを務めており、子規とバッテリーを組んでいる。また、勝田は、後に大蔵大臣、文部大臣を務めた人物であり、「二度目の帰省の折に三津浜の俳諧宗匠・大原其戎《きじゅう》を子規に紹介した人物」（土井中照『子規の生涯』64―65頁）であり、先の「勝負附」によると、白組キャッチャーを務めている。

ここで、「勝負附」（表2・表6）と「番附表」（表7）とをつき合わせてみると、技量（腕前）の優れた者（大関・関脇）は、ピッチャーやキャッチャーを務めており、逆に技量の劣る者（前頭）の大半は、外野（レフト、センター、ライト）を守っている。この様に、当時のベースボールにおける守備（ポジション）は、技量によって決められていたということである。

ところで、子規（正岡）の名前がこの「番附表」にないのは、子規がこれ（表7）を作成したために、自分の名前を省いたものと思われる。そこで、子規の技量をあえて推測するならば、（赤組の）キャッチャーを務めていることからして、子規の技量はかなり優れていたと考えられ、その番付は関脇にはランクされて良かろう。

表７　舎人弄球番附及び評判記

明治二十三年三月
常盤ベースボール番付私見

東之方		西之方	
大関	勝田主計	大関	竹村鍛
関脇	吉田匡	関脇	佃一予
小結	寒川正一	小結	白石久貫
前頭	久松定靖	前頭	渡部正綱
前頭	河東銓	前頭	土居菊次郎
東之方		西之方	
前頭	五百木良三	前頭	山内正
同	戒田秀澄	同	山崎種美
同	伊藤泰	同	横山正脩
同	高市直養	同	大原米太郎
同	相原栄三郎	同	新海正行

〈出所：和田茂樹『子規の素顔』愛媛県文化振興財団（1999）141頁〉

3　子規の左利き（左投げ、左打ち）への疑問

子規がどちらの腕（手）でボールを投げ、どちらの打席に立って打っていたのであろうか。このことについては「子規は左利きであった」とか、「子規は左腕投手であり、左利きのキャッチャーだった」とか、「左バッターだった」とか言われたりしているものの、これまで、ほとんど問題視されることはなかったのでは

なかろうか。

しかし、子規がどんな（方式の）ベースボールを行っていたかを知ろうとしたとき、著者は子規の「投法や打法」のことが気になった。そこで、以下、子規は本当に「左利き」プレーヤーであったのかどうか、子規の「投法と打法」について検証してみることにした。

（1）子規が投手（ピッチャー）を務めた意味（理由）

子規がピッチャーをやったというのは「明治十九年の豫備門に於ける寄宿新報に『赤組は正岡常規氏と岩岡保作氏と交互にピツチとキヤツチとになられ』云々と記したるにて推知すべし。」（庄野義信編著『六大学野球全集（上巻）』15頁）と書かれていることからして明らかである。

そして、ここで「云々と記したるにて推知すべし」というのは、当時は「『バツターリー』（今日のバツテリーの謂《いひ》なり）と雖《いへど》も今日の如く専功《せんこう》のものありしにあらず、技の勝れたるものをこの局に當らしめ」（『前掲書』14―15頁）たということであるので、明治19年頃、子規（や岩岡）は優れたベースボール選手であったと言っているのである。

では次に、どうして子規と岩岡氏（の二人）が「交互にピツチとキヤツチとになられ」ということになったのであろうか。それは、当時のベースボール（方式）では、バッターは「ナイン出塁制」であったし、バッターの「要求外の投球は悉《ことごと》く無効（＊ボール）」（飛田『前掲書』14頁）としたので、ピッチャーの投球数はとてつもなく多くなった。そうなると、一人が（9回まで）投げ抜くことはとてもできなかったので、二人が（交代しながら）交互に投げることが必要だったと考えられるのである。

ところで、「俳人子規は、工大（＊予備門）の名投手として唄われていた。」（横井春野『日本野球戦史』14頁）ということであるが、その頃の「名投手」とは、今とは意味合いが異なる。つまり、「当時の投手は、打者の打ちよい所へ、投げてやるべく苦心しなければならなかった。打者が注文する箇所へ投げてやることの出きない者は名投手とは云われなかった。」（18頁）し、「打者の好む所に投げることの出きない者は投手として資格なしと云われていた。」（13頁）のである。

以上、子規が予備門時代に、ピッチャーを務めた意味（理由）と、当時の（打たせるベースボール試合の中での）ピッチャーの役割についてみてみたが、この頃の子規は、まだピッチャー（やキッチャー）の専門家（正ポジション）と言えるものではなかった。ただ、当時「名投手と唄われた」ということであるので、子規のアンダースロー（下手投）のコントロールは、（他のプレーヤーよりも）優れていたのであろう。

（2）子規は本当に左腕（サウスポー）投手だったのか？

神田順治【注32】『子規とベースボール』は「（子規は）左利きのキャッチャーであったし、また左腕投手であった」（46頁）と述べている。また、長谷川櫂『子規と宇宙』も「子規は左利きの捕手であり投手だった。」（42頁）と述べている。神田や長谷川がこう言っているのは、おそらく「子規は（幼い頃）左利きであった」（ドナルド・キーン『正岡子規』21頁）と言われていることから推測したものと思われる。

そこで、いくつかの古い文献に当たってみたところ、「子規が左利きの捕手や投手であった」と述べているものはなく、先の横井春野、庄野義信、飛田穂洲らの『前掲書』や『朝日年鑑』（大正五年）には、全く何も触れられていないのである。もしも、子規が左利きの捕手や投手であったなら、当時は恐らく珍しかったはずであり、当然、その旨の記述があったと思われる。

(3) 子規は本当にカーブ（イン・ドロップ）を考案したのか？

さらに、神田順治『前掲書』は「カーブを開発するに際しては、イン・ドロップの投法は子規が考案したものであるとも考えられる。」（46頁）と述べているが、その（＊明治20年前後）頃のベースボールは（すでに述べたとおり）投手はアンダー（下手）から、打者が打ち易い所にボールを放る（ピッチという）投球であったし、本格的なピッチャーという存在もなかったということなので、神田が言っている様な「イン・ドロップの投法」といった（打者を打ち取るための）変化球を、子規が試みることは（必要）なかったはずなのである。

それよりも何よりも、子規が上手からのカーブを考案したというのは、これまたあり得ないことで、『慶應義塾野球部百年史（上巻）』には「日本での上手投や横手投が試みられたのは、明治23（１８９０）年のこと」（2頁）であると書かれており、そのときには子規はすでに（結核に罹り）ベースボール（プレーヤー）から離れていった頃であるし、子規がアンダーハンドや、ましてやオーバーハンド（上手投）からカーブ（イン・ドロップ）の投球を試みることは（でき）なかったはずである。

さらに言うならば、子規と第一高等中学校時代（明治18年）、一緒にベースボールの試合をした（同級生の）岩岡保作《やすさく》が、後の明治22年頃「潜思巧構《せんしこうこう》の結果、遂にアウトとインの二カーブを案出した」という記述が『朝日年鑑（大正5年）』（62頁）にあるが、しかし「子規がカーブを考案した」との記述は、この『野球年鑑』にも（他のどこにも）見られない。

以上述べてきたことからして、神田順二『前掲書』が言っている「イン・ドロップ投法は子規が考案したとも考えられる」（46頁）というのは、どうみても飛躍し過ぎた推論としか思えない。

（4）子規は本当に左利き捕手（キャッチャー）だったのか？

Heuvel, C and Nanae Tamura『Baseball Haiku』は「子規は左利きにも拘らず、キャッチャーが "favorite position" であった」（18頁）と述べている。また、松山市の「坊ちゃん球場」の前に立つ碑（モニュメント）にも、子規が「左利きキャッチャーとして活躍した」と書かれている。さらには、長谷川櫂『子規の宇宙』も「子規がベースボールユニフォーム姿で写っている一枚の写真（＊写真8参照）がある。そこでは膝に置いた左手の指にボールを軽くはさんでいる。子規は左利きの捕手であり投手であった。」（42頁）と述べている。

これらは、あくまでも今現在の野球の観点から述べられたものと思われ、「右打者が多いので、左利きの捕手は二、三盗を許しやすい。」（石垣尚男『スポーツと眼』143頁）という不利があるにも拘わらず、子規は「左利き（左投げ）のキャッチャーであった」と言いたいのであろう。

しかしながら、飛田穂洲『野球人国記』は「投手は直球一點張りで、捕手はワンバウンドキヤツチであつた。（略）故に二壘《るゐ》で一壘からの走者を刺殺するなどのことは、夢想だも及ばない。」（6頁）ことだったと言っているとおり、当時のベースボールは、現在の様に盗塁を阻止するかどうかといったシビアーなものではなかった。

よって、子規が左利きキャッチャーであったとしても（右利きであったとしても）、盗塁を阻止することにおいて、あまり関係なかったと言えるのである。なお、くり返しになるが、当時のキャッチャー（子規）は、ピッチャーが投げたボールを、（まだミットがなく）素手による両手で、ワンバウンドキャッチしていたはずであり、（現在の様に）ミットで片手捕球をしていたのではないということである。この点については、子規と常磐会寄宿舎で一緒であった勝田主計《しょうだかずえ》の次のとおりの証言があることを、城井睦夫『正岡子規ベースボールに賭けたその生涯』は紹介している。

「明治二十一年の二月頃、子規に引き込まれて学校のベースボール会員になつたことがある。当時のベースボールは極めて幼稚なもので、キャッチャーは球の一度バウンドしたものを取つていた。（略）子規の球を取る流儀は一種特別で、掌を真直に伸べて球を挟むやうにした。強烈な球でそんなことはできないが、当時はそれで間にあつていたのである。」（『前掲書』83頁）

ということである。いずれにしても、子規が左利きのキャッチャーであったという証拠は、どこにも見つけることができなかった。

（5）子規は、本当に左打者（バッター）だったのか？

では次に、これも気になることであるが、子規はどちらの打席に立って打っていたのであろうか。
松山市市坪《いちつぼ》の「坊ちゃん球場」に併設されている「の・ボールミュージアム（野球歴史資料館）」（写真22）

写真22　松山市市坪の「坊ちゃん球場」併設の「野球歴史資料館（の・ボールミュージアム）」〈著者撮影〉

入口を入った所に「子規の左打者像（人形）」（写真23）が立っており、見学者を迎えている。

著者は、２０１３年2月、この「子規の左打者像」のある「の・ボールミュージアム」に出向いてみた。もちろん「子規が左打者であった」という事実を確かめるためであった。しかし、この子規像には「子規が打席に立った姿を等身大で復元したものである」と説明されているものの、「バッティング姿勢は明治～昭和初期の写真に依ったが、子規自身のフォームは定かではない。」【著者傍線】との但し書きが付けられていた。ということで、残念ながら、子規が左打者であったという確証は得られなかった。

ところで、左打者には、多くの有利点があるということであるが、この点、石垣尚男『スポーツと眼』は、次の4点を上げている。

「・一塁ベースに近いうえに、振りきった姿勢でスタートできる。約2歩分速いという。

・右投手のボールを見きわめやすい。右投手は多いので有利である。
・二盗するランナーが左打者の陰になるので、捕手はスタートが見にくい。
・ランナーをすすめることを考えると、右打者が右方向へ流し打ちするより、左打者は引っ張ればいいので打ちやすい。」（『前掲書』１４２頁）

石垣『前掲書』は「このように見ると、打者としては左打ちが断然有利であることがわかる。実際に、一九八七年度の打率は、左打者が０・２７８、右打者が０・２４５で、このことを裏づけている。」と述べるとともに、「理想的なのは、右投げ、左打ちの選手ということになる。」（１４３頁）と述べている。巨人・ヤンキースで大活躍し、先ごろ引退した松井秀喜、現在大活躍中のイチロー（マリナーズ―ヤンキース―マーリンズ）や青木宣親（ブ

写真 23 「野球資料博物館」入口にある子規の左バッター像（人形）
―「子規自身のフォームは定かでない」とコメントされている〈著者撮影〉

リューワーズ―ジャイアンツ）、巨人の阿部慎之介（捕手―一塁手）、二刀流で話題の大谷翔平（日ハム）等が好例と言えよう。

果たして、子規は（「の・ボールミュージアムの子規像」どおり）、本当に「左打者」だったのであろうか。しかし、明治20年頃のベースボールを行っていた子規が、この「左打者」の有利性を理解し実践していたとは考えられないし、右手文化の日本では、当時まだ左打者は存在していなかったものと思われる。

しかし、そう思っていた矢先、左打者の存在を示す、明治30年頃の写真が一枚見つかった（写真20参照）。この写真には「稲荷山の長方形の空地では外野が正確な守備位置をとれなかった。」（『慶應義塾野球部史（上巻）』）と説明されているとおり、ライト側が極端に狭くなっていた。そこで、この場合は、左打者が有利ということから、左打席に立ったのではなかろうかと思われる。また、子規がベースボールをやっていた頃から約10年が経過しており、左打者の有利性が認識され出したことから、（写真の）明治30年頃になると、少しずつ左打者が出現し出したのではなかろうかとも思われる。

いずれにしても、今のところ、子規が「右投げ、右打ち」であったのか、「右投げ、左打ち」であったのか、さらには「左投げ、左打ち」であったのか、まだ確証を得るには至っていないのであるが、著者は、子規が左利きの「左投げ、左打ち」であったということには、やはり大いに疑問を持っているのである。

そこで、以降においては、子規は右利きの「右投げ、右打ち」であったという証拠（根拠）を探ってみた。

（６）子規は小さいとき、すでに「右利き」に直された

子規の左利きについては、ドナルド・キーン『正岡子規』が「子規は左利きで、これがまた級友にからかわれる原因となった。母八重によれば、すでに幼児の頃から人に玩具をもらう時、いつも子規は左手を伸ばしたという。最初は文字も左手で書いていたが、右手を使うように直された。武士は左手では書かない、というのがその理由だった。」（21頁）【著者傍線】と述べているとおり、子規は早い時期に、右手使いに直されている。その証拠に、子規の写真や子規が描かれている絵（図）を調べてみると、「左手」を使ったものはなく、全て「右手」を使っているものばかりであった。

例えば、図5は「右手で筆を持つ子規の絵」（松山市立子規記念館編『子規博物館蔵名品集』71頁）であるし、また写真24は「右手に杖を握っている子規の旅姿の写真（明治24年・松本）」（河出書房新社編『正岡子規』80頁）である。さらに、写真25は「従軍前（明治28年3月30日）に拝領の刀の鞘を左手に握った（右手で刀を抜くことになる）記念写真」（『前掲書』80頁）である。

この様に、子規は全て「右手使い」であり、「左手」を使って（何かをして）いる写真や絵等は、どの

図5　子規は右手で筆を持って書いている

〈出所：松山市立子規記念博物館編『子規博物館蔵名品集』（2011）71頁〉

写真 24　右手に「杖」を持つ旅姿の子規（明治 24 年 6 月 28 日）

―松本にて（木曾旅行）
〈出所：河出書房新社編『正岡子規』（2011）80 頁〉

写真 25　従軍前に拝領の刀を持ち記念撮影（明治 28 年 3 月 30 日）

―子規は（右手で刀を抜くために）左手で刀の鞘を握っている
〈出所：河出書房新社編『正岡子規』（2011）80 頁〉

著書や資料にも見られないのである。

（7）子規の握力は（左手よりも）右手の方が強い

『筆まかせ抄』（180―182頁）に、子規の「活力統計表」が載っている。その中で、左右の「握力」に注目してみた。明治18年6月10日（17歳10ヶ月）においては、左右とも同じ「28キログラム」であった。それが、明治23年3月（22歳7ヶ月）では、右「44キログラム」左「39キログラム」となっており、明治18年の値と比べると、左が11キログラム、右は16キログラム増加していた（表8）。

この左右の握力の増加は、子規が盛んにベースボールをやっていた時期と一致していることから、ベースボール

表8　正岡子規の「握力」の変化　単位（kg）

実施年（年齢）	右手	左手	左右差（右－左）
①明治18年6月（17年10ヶ月）	28	28	0
②明治21年末か22年春（21歳3-4ヶ月）	38	39	-1
③明治23年3月（22歳7ヶ月）	44	39	5
増加量（③－①）	16	11	5

〈正岡子規『筆まかせ抄』岩波書店（1985）180－182頁より著者集計〉

による運動効果（筋力向上）であると考えられる。
また、（左手よりも）右手握力の向上度が（5キログラム）大きかったが、これは、右手を（左手以上に）よく使ったこと、すなわち「右手でボールを握って投げた」ことによったものと考えられる。
以上述べた（6）・（7）（の内容）は、子規が右利きで「右投げ、右打ち」であったことを裏付ける根拠となろう。

（8）明治23年の「写真」からの推測

この「写真」（48頁・写真8参照）では、右手にバット、左手にボールを握っている。通常、二つの物を同時に持つ場合、重い物（バット）は「利き手」で、軽い物（ボール）は利き手でない（反対側の）手で持つ（握る）のではなかろうか。少なくとも、著者ならそうする。

しかし、野球経験者に聞いてみると、例え、その様にバットとボールを握るとしても、必ずしも右バッターであるとは言えず、左バッターもいるということであった。もちろん、これは現在のベースボールや野球界での話であって、明治時代（少なくとも明治20年頃まで）のベースボールにおいては、特別に左バッターを養成することはなかったはずであり、子規が左バッターであったとはとても考えられないのである。

資料2　明治（子規）時代のベースボール（野球）の発展（概要）

元号（西暦）年	概要　◇正岡子規事項
慶応3（1867）年	◇（9月17日）子規、松山市に生まれる。
明治4（1871）年	ジョーンズ（アメリカ人教師）が、熊本洋学校で生徒にベースボールを教える。
明治5（1872）年	ホーレス・ウィルソンが、東京開成学校（東大の前身）で学生にベースボールを指導する。
明治6（1873）年	教師アルバート・ベイツが、開拓史仮学校（現北大）で9人ずつの攻守交替する（9イニング制）ゲームを指導する。
明治8（1875）年	この頃、開成学校で毎週土曜日、ベースボール・ゲームが行われる。
明治9（1876）年	（夏）開成学校対東京・横浜居留民（外国人）チームが対戦（国際試合）し、11対34で外国人チームが勝利する。この他、数試合が行われる。 熊本洋学校閉校に伴い、金森、市原ら（熊本バンド）が、同志社英学校（現同志社大学）に転校しベースボールを伝える。
明治11（1878）年	アメリカから帰国した平岡凞が、日本初の「新橋（アスレチック）倶楽部」を結成し、他倶楽部や学校チームを指導する。
明治13（1880）年	田安徳川家当主の徳川達孝が「ヘラクレス倶楽部」を結成する。
明治15（1882）年	新橋倶楽部（平岡）が、芝生のグラウンドを汐留に造り本拠地とする。また、品川八ツ山下に日本初のベースボール（保健）場を造る。新橋倶楽部が（駒場）農学校と初の対抗戦を行う。
明治16（1883）年	虎の門の工部大学に（エビソン教授の努力で）ベースボール部組織される。
明治17（1884）年	◇（9月）子規、大学予備門に入学する。◇子規、平岡からベースボールを教わる。 工部大学、法学部大学がストレンジのコーチを受ける。
明治18（1885）年	青山英和（青山学院）、波羅大学（明治学院）、慶應にベースボール部が創設される（青山はブラックレッジ

がコーチ、波羅はマックネイン教授がコーチ、慶應は新橋倶楽部の指導を受ける)。東京大学予備門ベースボール会が発足し、農学校と対峙する。(この頃から)築地や横浜在留外国人の間でベースボール熱が高まり、新橋倶楽部などと試合を行う。溜池倶楽部(山田三次郎幹事)が設立される。

明治19(1886)年

予備門が第一高等中学校に改名される。◇子規、第一高等中学校メンバーとして工部大学校、農学校、青山英和、新橋倶楽部と試合をする。◇予備門の「寄宿新報」に「赤組は正岡子規氏と岩岡保作氏とが交互に投手と捕手とになられ云々」と記される。

明治20(1887)年

新橋倶楽部の平岡凞部長が鉄道局を退職する。

◇(12月25日)子規、第一高等中学校寄宿舎ベースボール大会で白軍キャッチャーを務めるも赤軍に破れる。

明治21(1888)年

新橋倶楽部のメンバーが赤坂、溜池、東京の諸倶楽部に分散加入し、学校チームと対抗戦を行う。

(9月)工部大学と法科大学、大学予備門が合併、第一高等中学校ベースボール部が組織される。

当時、農学校、波羅大学(明学)、青山英和(青学)、東京商業学校(商大・現一橋大)、慶應にベースボール部が存在していた。第一高等中学校が対校戦で波羅大学を破る。

明治22(1889)年

学習院ベースボール部が創設される。第三高等中学校(現京都大学)ベースボール部が創設される。第一高等中学校が、向陵(本郷)に新築移転して6000坪のグラウンドを完備する。

◇(11月30日)子規、第一高等中学校のベースボール大会に参加する。◇(12月)子規、常磐会寄宿舎に「ボール会」を設立し、上野公園や隅田川河畔でベースボール大会を開催する。

明治23(1890)年

◇(3月21日)子規、第4回常磐会寄宿舎ベースボール大会に出場し「勝負附(スコア表)」を記す。明治学院が農学校に破れる。新橋倶楽部が解散する。

(5月17日)明治学院対第一高等中学校の試合で「インブリー事件」が起きる(◇子規、この試合を観戦する)。(11月8日)第一高等中学校(一中)が、26対2で白金(明治学院)に勝利する(第一高等中学校の福島金馬投手が、カーブ(魔球)を投げる)。また、同学校捕手が初めてミットを使用する。この頃から、打者の強弱を研究して、打順を決めることになる(これまでは守備によって打順が決まっていた)。

明治24（1891）年　第一高等中学校（一中）が溜池倶楽部に32対5で勝利し、さらに溜池・白金連合軍にも勝利して「覇権」を握る（明治37（1904）年、早稲田・慶應に破れるまで「黄金時代」を築く）。
熊本五中（第五高、現熊本大学）龍南会に、ベースボール部が置かれる。

明治25（1892）年　早稲田ベースボール同好会が創設される。初の同志社対三高（現京大）の対校戦で、同志社が24対22で勝利する。

明治26（1893）年　同志社対三高の対校戦（第二戦）も、同志社が20対14で勝利する。

明治27（1894）年　（5月6日）都下連合ベースボール大会を第一高等中学校が主催し、向陵において開催する（紅白試合を行う）。
高等中学校令が廃止され、一中が第一高等学校（一高）となる。中馬庚（一高コーチ）が、ベースボールを野球と訳す（一高野球部と改称）。

明治28（1895）年　（日清戦争のため球界は沈滞）（2月22日）『校友会雑誌（号外）』（一高野球部史）が発行される。一高が、慶應・白金連合軍に勝利する。

明治29（1896）年　（5月13日）一高対アメリカ（横浜居留地・YCACチーム）の国際試合が行われ、一高が、青井鉞男の好投で32対9で勝利する。（6月5日）第二戦、（6月27日）第三戦も一高が勝利する。（7月4日）第四戦（於横浜）、14対12でアメリカ・チームが初めて勝利する。一高の勝利は、全国に野球ブームや野球チームを生むきっかけとなる。（7月18日）高橋慶太郎編『ベースボール術』（同文館）が出版される。
◇（7月19・23・27日）子規、新聞『日本』（「松蘿玉液」）にベースボール紹介記事を執筆する。

明治30（1897）年　（この頃）慶應、学習院、明治学院、正則中学、赤坂倶楽部、郁文館中学の活動が活発となり、一高との練習試合を行う。（6月3日）一高がアメリカ（アマチュアクラブ）との第五戦、15対6で勝利する。（6月8日）アメリカとの第六戦、一高・東京帝国大学混成（日本最強）チームが、18点の大差で勝利する。中馬庚が『野球』を出版する。
この頃から、選手がグラブを使用し始める。

明治31（1898）年　◇子規、病床にて、ベースボール短歌九首を詠む。

明治32（1899）年　一高が、二高（現東北大学）との対校試合に破れる。

明治33（1900）年　（6月23日）松山中学対師範学校の試合が城北練兵場で行われ、松山中学が31対9で勝利する。

明治34（1901）年　松山中学が高松、広島の両中学校に勝利し、頭角を現わす。

明治35（1902）年　◇（9月19日）子規、午前1時、死去する。

明治36（1903）年　早稲田野球部が創設される。第1回早慶戦が綱町球場で行われ、慶應が11対9で勝利する。

明治37（1904）年　早稲田と慶應が一高に勝利する（早慶時代の幕開けとなる）。早稲田が学習院を延長12回の末、3対2で勝利する（この試合で初めてファールをストライクとするルールが採用される）。
（10月30日）第2回早慶戦が戸塚で行われ、早稲田が12対8で勝利する（早稲田が17個の4球を選ぶ）。

明治38（1905）年　（4月4日～6月末）早稲田野球部がアメリカに遠征し、26試合7勝19敗の成績を残し、科学的野球（グラブ、スパイクの使用。練習法の改善。スクイズ、バント、ウォーミングアップ法、投手のチェンジアップやワインドアップ、走者のスライディング等）を学んで帰国する。

〈『本書』末『諸文献』より著者作成〉

第６章　ベースボール（野球）用具、ルール、技術の発展（変遷）

１　日・米の場合とその時間差

本章末に示した資料３（年表）は、アメリカにおけるベースボールの用具、ルール、技術の変遷についてまとめたものである。また、資料中には同年における日本の場合について、◇印を付け記述した。アメリカのこうした用具、ルール、技術は、やがては日本に伝えられ採用されていくのである。本章では、アメリカと日本における用具、ルール、技術（主に投球術）の発展（変遷）概要を、日米差に着目しながら述べていくことにする。

（１）アメリカの場合

アメリカでは、日本にベースボールが伝えられてまだ間もない１８７５（明治８）年には、すでに「捕手用のマスクが考案されたり、グラブとミットが紹介された」りしている。この点に関して、神田順治『野球の魅力』は「最初にグラブを使用したのは、セントルシスの一塁手であったチャーチル・ウエイトといわれている。ウエイトはうすい手袋のようなものを使用したのである。」（１２０―１２１頁）と述べている。

いっぽう、バットについては、１８６９（明治２）年には現行と同じ長さ（１０６・７㎝）となり、１８９３（明治26）年には「丸い棒でなければならない」（現行）となった。ボールは１８７２（明治５）年には、すでに現行と同じ重さと大きさ（周囲）となったし、さらに１８８５（明治18）年には「捕手用チェストプロテクターを使用」している。

アメリカにおけるこうしたベースボール用具の開発・採用は、キャッチャーにダイレクトキャッチを行わせ盗塁阻止率を高めさせたり、フィールドプレーヤー（のワンバウンドからノーバウンド）のフライアウト（ダイレクトキャッチ）にルールを変更させたり、ピッチャーのオーバーハンドスロー（上手投）やサイドハンドスロー（横手投）からのスピードボール（速球）や変化球（魔球）を投げさせるという技術の進歩（向上）と（勝敗を争う）競技・競争・プロ化を促すことになっていくのである。

（２）日本の場合と日米差

明治７（１８７４）年、「アメリカから日本にボールを持って來たのは木戸孝正【注33】である。」（庄野義信編著『六大学野球全集（上巻）』６頁）木戸孝正は、そのボールが（使われて）破れた際、ボールの中身（構造や構成物）を調べ、当時あった似た様な材料をあてがい日本製ボールを作ることにも関わった。「その後神保町邊の靴屋がこれを眞似《まね》て内職にボールを作り、その店頭に靴と竝《なら》べてこれを賣り出した事がある。値段は一朱乃至《ないし》二朱であった。」（『前掲書』５―６頁）そうである。

いっぽう、バットも、やはり木戸孝正が、ボールと一緒に持って来たそうであるが、当時の（日本で使われていた）バットは「樫《かし》の木で造った細長いものもあれば、櫻《さくら》の握り太のものもあり樅《もみ》とか楢《なら》とか種々雑多で握りの太いのもあれば細いのもあり、いづれも手製で中には雖不當不遠など烙印《らくいん》せる珍品もあった。」そうであり、「明治二十年前後のものは先《ま》づスリコギ棒を大きくしたものと思へば間違ひはないのである。」（飛田穂洲『野球人国記』８―９頁）ということである。

ところで、日本の（ボールとバット以外の）野球用具の採用（使用）はかなり遅れた。子規が、大学予備門・第一高等中学校時代にベースボールをやっていた明治20（１８８７）年前後においては、まだミットもグラブもなく、素手でボールを捕球していた。よって、この頃のベースボールは、アンダーハンド（下手）からの投球を捕手はワンバウンドで捕球していたし、また野手がワンバウンドでボールを捕球すれば、打者（バッター）はアウトになるという（旧）方式であった。

日本の野球用具の採用については「初めてキャッチャーがミットを使用したのが、明治23（１８９０）年であった。」（『慶応義塾野球部百年史（上巻）』２頁）と書かれている。このことに関連して、飛田穂洲『前掲書』は「明治二十三年は試合規則上に一進歩を示した。即ち捕手のワンバウンドキヤッチを廢《はい》し、ファウル、三振アウト等《など》デレクトキヤッチに改めた。尤《もっと》もこの規則は二十二年の秋ごろから採用したところもある。」（『前掲書』20頁）と述べているとおり、キャッチャーのダイレクトキャッチはミットを使用することによってなされたのである。

ちなみに、「野球殿堂博物館（旧野球体育博物館）展示資料」には「日本では一八八〇年代前半（明治二〇年代中頃）からキャッチャーがミットを使用するようになり（略）」と書かれている。また、「キヤッチのミットを用ひたのは白洲《しらす》氏《し》（＊明治学院）がはじめてゞあつたと傳《つた》へられてゐるが、勿論今日のやうな大ミツトのあらうはずがなく、少年用のミツト同様なものであつたことは疑ふべくもない。それも恐らくは皮製のものではなくして、ズツクなどで造つた極めて小型なものであつたことは疑ふべくもない。」（飛田『前掲書』）19―20頁）ということである。

いっぽう、野手のグラブ使用については「明治三〇年代（一八九〇年代末）になってからである」と、「野球殿堂博物館展示資料」に書かれている。この点について、君島一郎『日本野球創世記』は「独立祭の役（＊明治二九年七月四日のアメリカチームとの第四戦で一高が敗れた後の反省）からミット、グラブを全選手が持つようになった」が、「その製作指導には青井は勿論だが、主として森脇幾茂中堅手（理博、北海道水産試験所長）が当たった。美満津商店はその指導のもと米国品（＊スポルディング社製品）をモデルとして盛んにつくり出し、従来の自店製品に比し、一段の進歩を示した。」そして、「野球の全国普及に伴って大量につくり出された」（１０４―１０５頁）そうである。

さらに、キャッチャーマスクの使用については、明治27（１８９４）年、慶應義塾野球部に入部した平沼亮三【注34】『慶応義塾野球部百年史（上巻）』は「昔はいわゆる素面素小手で、マスクをはめなかったが、私のいた当時は撃剣のお面の間の棒を抜いたものを使っていた。それが進歩してお面の目のところを大きく抜いてたてに棒を入れたものになり、大形の専門のマスクが出来、現今の型になったのはずっと後のことである。」（3頁）と述べており、マスクを使用し出したのは明治27年頃からであった様である。

ここで、用具の使用における日米差を計算してみると、日本は（アメリカに比べて）捕手ミットやマスクの使用は15～19年、グラブは22年遅れて使用し出したということになり、アメリカに比べて、大きく遅れをとったのである。

（3）ボール「四球出塁（フォアボール）制」採用の日米差

現在用いられている「フォアボール（四球出塁）制」はいつ（頃）から採用されたのであろうか。

アメリカの「4球」は、１８７９（明治12）年の「9球」から始まり、その後「8・7・5球」とほぼ徐々に減少していく経過を辿り、１８８９（明治22）年から採用されている（資料3参照）。

これに対し日本では、『学習院大学野球部百年史』によると、「四球は古くには九球出塁で次第に減じて二十二年米国では五球出塁から四球出塁になり我国は二十四年から（大和球士説）である」（44頁）と書かれており、アメリカが採用してから僅か2年後ということになる。

しかしながら、日本における「四球出塁制」については、伝えられたとされる明治24（１８９１）年からは、即時（試合には）採用されなかった様である。例えば、子規『松蘿玉液』は、明治29（１８９６）年、この頃は「投者《ピッチャー》が正投《ピッチ》を学びて今まで九球なりし者を四球（あるいは六球なりしか）に改める如きこれなり。」（34頁）と書いているし、また明治27（１８９６）年に慶應義塾野球部に入り活躍した平沼亮三『慶應義塾野球部百年史（上巻）』は「ルールも現在と違っていて、ファウルは幾らやってもファウルで、ストライクに算えず2回までをストライクに勘定したのは、我々がやめてからずっと後（＊明治37年）である。ボールもフォアボールでなくファイブボールで、この五球時代はかなりながく続いた。」（3頁）と述べている。

そこで、この子規や平沼が言っていることから推察すると、「四球出塁制」は（大和球士が言っているとおり）明治24（1891）年にアメリカから伝わったかも知れないが、当時の日本では、まだこれを採用するだけの技能レベルに達しておらず、しばらくは「五球出塁制」で試合は行われた様である。この点、飛田穂洲『前掲書』も、明治23（1890）年「ナインボールスの制が廢《はい》された。そして新にファイヴボールスの新規則が採用された。今日の規則の四球制は實《じつ》に後年に定められたものである。」（20頁）と述べている。

この「ボール出塁制」について、さらに言及すると、明治28（1895）年2月24日発行の『校友會雑誌號外（一高野球部史）』「附野球規則」第十五条（イ）項には「outトナルヿナクベーすヲ取リ得（イ）（ロ）ハ打手ニノミ限ル（イ）Four Ball（five ball）（ロ）Dead ball（略）」（59頁）とある。また、「同野球規則」の第十一条（ロ）には、一高では（四球ではなく）「我部ハ五回（＊球）ト定ムfive ballニテ不便ナレバ七或ハ九回（＊球）トスルモ可ナリ」（58頁）とある。よって、当時、実際の試合での「ボール出塁制」の採用については、（試合レベルに応じて）対戦チーム間で決めていたものと推察されるのである。

ちなみに、明治24（1890）年11月23日の一高対溜池倶楽部の試合は「『フワイブ・ボールス、テーク・ユーア・ベース』の令下る。」（『六大学野球全集（上巻）』25頁）とある。また、明治29（1896）年5月13日の一高対アメリカ（アマチュア倶楽部）戦では、「球《ボール》は米國製新球なり、（略）青井投球常を失《しつ》すスミスに四球を與《あた》ふ」（『野球年鑑』69頁）とある。

こうした状況から見て、日本で「四球出塁制」が採用されたのは、この「日・米戦」（明治29年）からであったかも知れないし、それが完全に定着したのは「五球出塁制」が（かなり長く）続いた後の明治35（１９０２）年頃からではなかったかと思われる。そうなると、「四球出塁制」採用の日米差は7年ということになるが、完全に定着したということになると、その日米差は13年くらいということになろう。

ちなみに、明治37（１９０４）年10月30日には、２回目の早稲田対慶応戦が行われ、早稲田が12対8で慶應に勝っているが、この試合では「早大十七個の四球を得たが、投手櫻井の投球不能は、慶應をして益々不利に陥らしめた。」（『早稲田大学野球部百年史（上巻）』88頁）とあるとおり、当時はまだ、オーバーハンドで投げるピッチャーのコントロールには、大きな課題があった様である。

なお、「三十八年秋に至り、該試合は秋期三回戦を以て決する事に協定した。（略）野球界を聳動《しょうどう》せしめたる早慶戦はこれから始まる。」（『前掲百年史（上巻）』89頁）と書かれているとおり、今につながる「早慶戦」は、明治38（１９０５）年から開始されたということである。

以上、ベースボール（野球）の用具、ルール、技術等におけるアメリカと日本の発展（変遷）についてみてきたが、これらには大きな日米差があることが分かった。この日米差は、ベースボールの発祥国とそこからの輸入（伝来）国との違いであると言えばそれまでであるが、明治という時代におけるアメリカからの情報の不足や遅れ、日本での情報の理解や採用（実践）までに時間がかかったことが主たる原因であったと考えられる。また、それと同時に、長い間、日本の組織化（連盟や協会の設立）の遅れや用具の製造所（メーカー）がほとんど無かったことも原因したものと考えられる。さらに、付け加えておかなければならないことは、日本国内におけるベースボールの用具、ルール、技術の伝播にも、大きな地域差があったということである【注35】。

２　ピッチャーの投球術の変遷

アメリカや日本では、いつから、ピッチャーはサイドハンドやオーバーハンドで投球する様になったのであろうか。また、いつから、カーブ（魔球）を投げる様になったのであろうか。以下、日・米のピッチャーの投球術の変遷と、日本のカーブの始まりと広まりについて述べていくことにする。

（1）アメリカの投球術の変遷

まずはアメリカにおける投球術について、内田隆三『ベースボールの夢』は「一八六〇～一八六二年にブルックリン・エクセルシアーズで活躍したジェームズ・P・クレートン投手は、速い球で投球に革命を起こした。一八六〇年代の半ばには、アーサー・カミングがボールの握りと手首の回転を使ってカーブ・ボール【注36】を投げはじめた。一八六〇年代の投手は速球派と技巧派という二つのタイプに分かれていたが、速球派の投手はルール通りの投球（ピッチ＊pitch）【注37】ではなく、下手投げのモーションで速い球を投げた。クレートンの投球は、腕を曲げ、手首を動かして投げる（スロー＊throw）ように見えたので、ルール違反と非難されたが、この速球投法、つまり、スウィフトピッチングが流行し、やがてルールのほうが死文化していった。」（73頁）と述べている。

そして、その後、「ＮＡＢＢＰ（＊National Association of Baseball Player）の一八六七年のルールでは

腕を曲げて投球するのは投げ（スロー）と見なされ、ボークと判定されたが、一八七二年、プロ選手の組織であるＮＡは下手からの投げ（スロー）を正当な投球法として認めた。（略）サイドアームのスローが認められるのは一八八三年（＊明治16年）で、オーバーハンドスローが認められるのは一八八四年（＊明治17年）のことである。」（74頁）ということである。

この様に、アメリカの投球術と投球の変遷は、ベースボールが「南北戦争」（１８６１―１８６４）後、急速に普及していく中で図られていったのであるが、こうした投球術とルールの進展（向上）は、ゲームをいっそう競技（争）化させることにつながったのである。なお、参考までに、図６は（日本にベースボールが伝えられた頃の）アメリカにおける１８８０（明治13年）年代の『テキスト』に描かれたベースボールのフォーム（技術）である。

ところで、ピッチャーが投球する「ボール」と「ストライク」は、今では、ストライクゾーン（範囲）が決められ

図６　1880年代のアメリカのベースボール・テキストに描かれた「投球法」（左）・「打の構え」（中）・「捕球の構え」（右）

〈出所：内田隆三『ベースボールの夢』岩波書店（2007）73頁、74頁、89頁〉

明確になっているが、初期のベースボールにおける「ボール」と「ストライク」には（今とは違った）重要な意味があった様である。このことについて、内田隆三『前掲書』は次のとおり述べている。

まず、当時の投手（アンダーからの投球）は、バッターに対して「フェアな球」を投げることが重視されていた。この「フェアな球とは、打者が打てると正当に認められる範囲に投げられた球」（76頁）のことである。「ヘンリー・チャドウィックによる一八六七年版のルール解説では、投手がフェアでない球を投げ続けたとき、アンパイアーは『警告』の意味で、投手に対し『打てるボールを！』（"Ball to the bat !"）と叫んだ。この警告＝要求のあとも、投手がアンフェアな球をくり返し投げ続けたとき、『ボール』という判定が下される。このように『打てるボールを』投げろという（要求）が『ボール』という（判定の）意味なのである。

他方、打者のほうは投手の投げた球を積極的に打っていくことが期待された。（略）フェアな球がくり返し投げられているのに打てなかった場合、アンパイアーは打者に『警告』を発し、それでも打者がフェアな球を打てなかったときは、たとえ見逃しても『ストライク』と判定（コール）したのである。」（76頁）

その後、「フェアな球」については、何度も規定が見直され、やがて「一八八七年のルールでは、ストライクの範囲は打者の肩から膝の上までとされ、一八八八年にはストライクが三つで三振とされ、翌八九年にボール四つで打者は一塁を得ること（四球＝ウォーク）と決められた。このルールはそれ以降現在まで続いている。」（77頁）ということである。

以上、内田『前掲書』による「ボール」と「ストライク」についての記述からは、それぞれの持つ本来の意味を知るとともに、やがて競技化されていく中で、ルールがより客観的なものに作り変えられて、今日の「フォアボール」や「三振」（という規程を）生むに至った経過（歴史）を知ることができた。

（２）日本のカーブの始まり

明治５（１８７２）年にベースボールが伝えられてから、明治22（１８８９）年頃までのベースボールは、投手はアンダースロー（下手投）で「ピッチする（肘を伸ばして放る）投球」であった。

当時のベースボールの方式について、松山市教育委員会編著『伝記正岡子規』は「明治12（１８７９）年1月25日付『朝日新聞』には、ベースボールの現行ルールは、投手は下手投げ。ストライクは高・中・下と分け、打者は審判に好みのコースを申告《しんこく》する。好みのコースをはずれた球を九つ選べば、ナインボールで出塁できる。野手は素手《すで》なので、高く上がったスカイボールはワンバウンドで捕球すればアウトなどとなっている。」（77―78頁）と述べている。

そして、「明治二十年から同二十二年までは、野球の輸入された當時と殆ど異なるところなく、全く舊式《きうしき》の野球をなし、試合も極めて稀に各校は只自ら練習してゐたに過ぎなかつたが、二十三年に至つてはやゝ面目を一新し、試合らしき誌（＊試）合が行はれるやうになつた。技術の上においても一大革新のあつたことはいふまでもない。」（飛田穂洲『野球人国記』18頁）ということである。

こうしたベースボール方式の中で、（投手の）投球術について、大正５（１９１６）年の『野球年鑑』には、次のとおり書かれている。

「記録の傳ふる所によれば、二十年以前の投手は悉《ことごと》く直球のみを投げ、唯《ただ》新橋の平岡氏のみ魔球を解せりと噂されて居たが、氏は實物《ほうぶつ》の如く祕して人に教へなかつた。前記岩岡保作《やすさく》氏之を聞いて潜思巧構《せんしかうこう》の結

果、遂にアウトとインの二カーヴを案出し、それが福島金馬《ふくしまきんま》氏に至りて全く完成された。」（『前掲書』61―62頁）

先の（1）で述べたとおり、アメリカでは1883・1884（明治16・17）年に「投手のサイドスローとオーバースローが可能となった」のであるが、日本では、アメリカのことが即刻伝えられ用いられたとは考えにくい。そこで、(日本ではアメリカの様に明確な規定が示されていないので)右引用文を参考にすると、(サイドハンドやオーバーハンドによる投球が行われ出したのは) 明治23（1888）年頃からであったと推測される。

この点、『慶応義塾野球部百年史（上巻）』は「野球は二十三年に至って一大進歩をとげ、（略）上手投や横手投を許された投手の投球も大いに進歩し捕手はミットが必要となった。」（2頁）と述べており、著者の推測を裏付けている。さらに、飛田『前掲書』は日本における「魔球」について、次のとおり述べている。

「明治二十二年以前の野球にありては、僅かに新橋倶樂部の平岡凞氏が、カーヴを投げたといはれるけれども、後進に傳《つた》へなかつたところを見れば、或は實際《じつさい》にこれを用ひる程度ではなかつたのかも知れない。商業學校（＊現一橋大学）の平岡寅之助氏（＊平岡凞の弟）も常によく魔球を談じたさうであるが、實地《じつち》においてこれを行ひ功を収めたのを見なかつた。

第一高等中學の岩岡保作《いはをかやすさく》といふ熱心家が、獨創的《どくそうてき》に案出した外曲球と内曲球の二つが我が國におけるカーヴの鼻祖《びそ》といはれてゐるが同氏も遂に試合上に應用《おうよう》するまでには至らず、これを福島金馬氏《ふくしまきんまし》に譲つた。

福島は一高第一期中におけるいはゆる名投手で、氏は實際にカーヴを使用して打者を苦しめたといはれてゐる。」（18頁）

飛田『前掲書』は「他にも魔球（カーブ）を試みた投手もいたそうであるが、福島投手ほどの成功を収めたわけではなかったことから福島金馬氏を以て、舊《きゅう》時代におけるカーヴボール完成者といふことが出來よう。」（19頁）と述べている。

ここで、これまで述べてきた日本の投球術（の進歩）について整理しておくと、日本のベースボール（投球術）は、伝来後しばらくの間は下手（アンダー）からの「ピッチ」であったが、やがて「スロー」による直球（スウィフトボール）が投げられる様になり、その後、明治23（１８９０）年頃から横手投（サイドハンド）や上手投（オーバーハンド）からのカーブ（魔球）が試みられる様になり、（試合でも）投げられる様になったということになろう。

（3）カーブの広まりと学校（大学）野球の発展

さて、（先輩の岩岡保作投手から引き継いだ）福島金馬投手のカーブ（魔球）に話を戻すと、その完成については、明治28年2月24日発行の『校友會雑誌號外』に、次のとおり書かれている。

「其修練怠ルᄀナク福島金馬ハ此夏新タニ堀尾氏ヨリ傳ヘタル魔球ヲ修スルニ餘念ナク伊木常誠ハ新タ

二捕手二推サレテ朝夕福島ト共二シ（略）」（『前掲書』17頁）

ここに出てくる堀尾氏とは、アメリカからの帰国者であり、「捕手ミットを他にさきがけて（一高〈＊一中〉野球部に）提供した人物である。」（『慶応義塾野球部百年史（上巻）』２頁）このカーブ（魔球）を完成させた福島金馬投手を擁する第一高等中学校（一中）は「同年（＊明治二十二年）十一月八日、再《ふた》び白金勢を向稜《こうりょう》に迎へた。（略）此日一高（＊一中）二十六對二で大勝した。」（『野球年鑑』64―65頁）が、この福島投手にボールの握り方を教えたのも堀尾であり、「堀尾が来て福島に教えたのは親指をボールの縫い目にあて他の一方に二本の指を添えてサイドスロー（横手投）で投げるのであるが、そのボールを手放す折一寸ひねるのであった。そしてカーブの曲がり方は相当に大きくなった。」（国民新聞社運動部編『日本野球史』71―72頁）ということである。この様に、日本の試合で、（初めて）投げられたカーブは、福島投手のサイドハンドスローから繰り出されたものであったということである。

その後、明治24（１８９１）年、一高（＊正しくは「一中」、以下同様）は「重鎭《じゅうちん》溜池倶樂部を三十二對五にて破り、更に白金、溜池の聯《れん》合軍をも打ち破つたので、一高の名聲嘖々《めいせいさくさく》、覇業稍《や》ゝ成るの感があつた。」（『野球年鑑』65頁）と述べられているが、当時、投手のカーブは、投手やチームにとって非常に大きな武器になったことは言うまでもなかろう。

いっぽう、一高に破れた溜池倶楽部は「二十三年の夏から冬へかけて、猛烈な練習をした。どうしても一高を破りたいというので、一高の福島投手のカーブに対抗するには、こちらもカーブをというので当時明治学院にマクネアという宣教師で語学の教師があり、プリンストン大学で野球選手であった。この人に前記（＊

駒場農学校）投手の町田一平がはじめてハウ・ツー・ピッチ（投球術）をならった。」（『慶応義塾野球部百年史（上巻）』２頁）のであった。

先に述べられているとおり、溜池倶楽部は〝猛烈な練習〟をしたということであるが、この頃から、野球の技能や技術を高めるためには、（ベースボールの）練習がいかに重要であるということが認識され出したのではなかろうか。この点、明治30（１８９７）年に中馬庚が出版した『野球』には次のとおり述べられている。

「野球ニ熟スルハ甚タ難キニアラサレトモ、球ヲ手ニシ棒ヲ肩ニシテ直チニ試合ヲ行ヒ得ヘキニアラス否ナ直チニ運動場に臨ム可キニアラス早キモ二三ヶ月ノ間ハ豫備経習ヲ経サル可カラス故ニ試合ニ就テ各心得ヲ論スルニ先ツテ先ズ練習ヲ述ヘントス是レ實ニ進歩ノ順序ニシテ復タ最モ重ンス可キ基礎ヲナスモノナレハナリ（略）」（29頁）

と、まずは試合をするよりも、その前にしっかりと練習をすることを重視すべきであると述べている。

練習と言えば、明治20年代中頃までの練習方法で、最も盛んに行われたのがノックであった。この点、飛田『前掲書』は「練習は大方このノックに終始されたといふのも過言ではない。ミツトのない時代にありては、フライをシヨウトバウンドで摑《つか》めば大喝采《だいかつさい》を博《はく》し、飛球を捕れればノツカーに代つて打手《だしゅ》になるなどのこともあつた。」が、その後、ノックの仕方も変化していき「ノックは以前は外野に密集して球を争《あらそ》つたものであるが、三大戦當時から漸《ようや》く内外野分業となり各自その位置を専攻するに至り、従つて内野は前に、外野は後方にあつて飛球ゴロの練習をなしたが依然集團的の練習で今日行はれてゐるところの各シートについての練習が採用されるやうになつたのは、遙《はる》か後年のことである。」（9—10頁、31頁）と述べている。

　こうした中で、一中（一高）は、明治23（1890）年から明治37（1904）年に早慶両校に敗れるまでの14年間にわたって、（学生）野球界の覇権を握ることになるが、明治25（1893）年には青井鉞男【注38】らが、福島らの後を継ぐ。この青井投手の魔球については「Out Curve, In Curve, Up, Drop, Out Up, In Up, Out Drop, In Drop」の八種類（＊カーブ八手の術）があったそうである。このことについては、明治30（1897）年に出版された中馬庚『野球』（76—85頁）（図7）の中で、それぞれの魔球の握り方が図示されるとともに青井自身による解説がなされている（図4参照）。なお、青井の「八手の術」は、上手投のみでなく、横手投や下手投を駆使しての投球であったと思われる。

　ところで、丁度この頃、（青井の）「八手の術」を武器に、学習院初

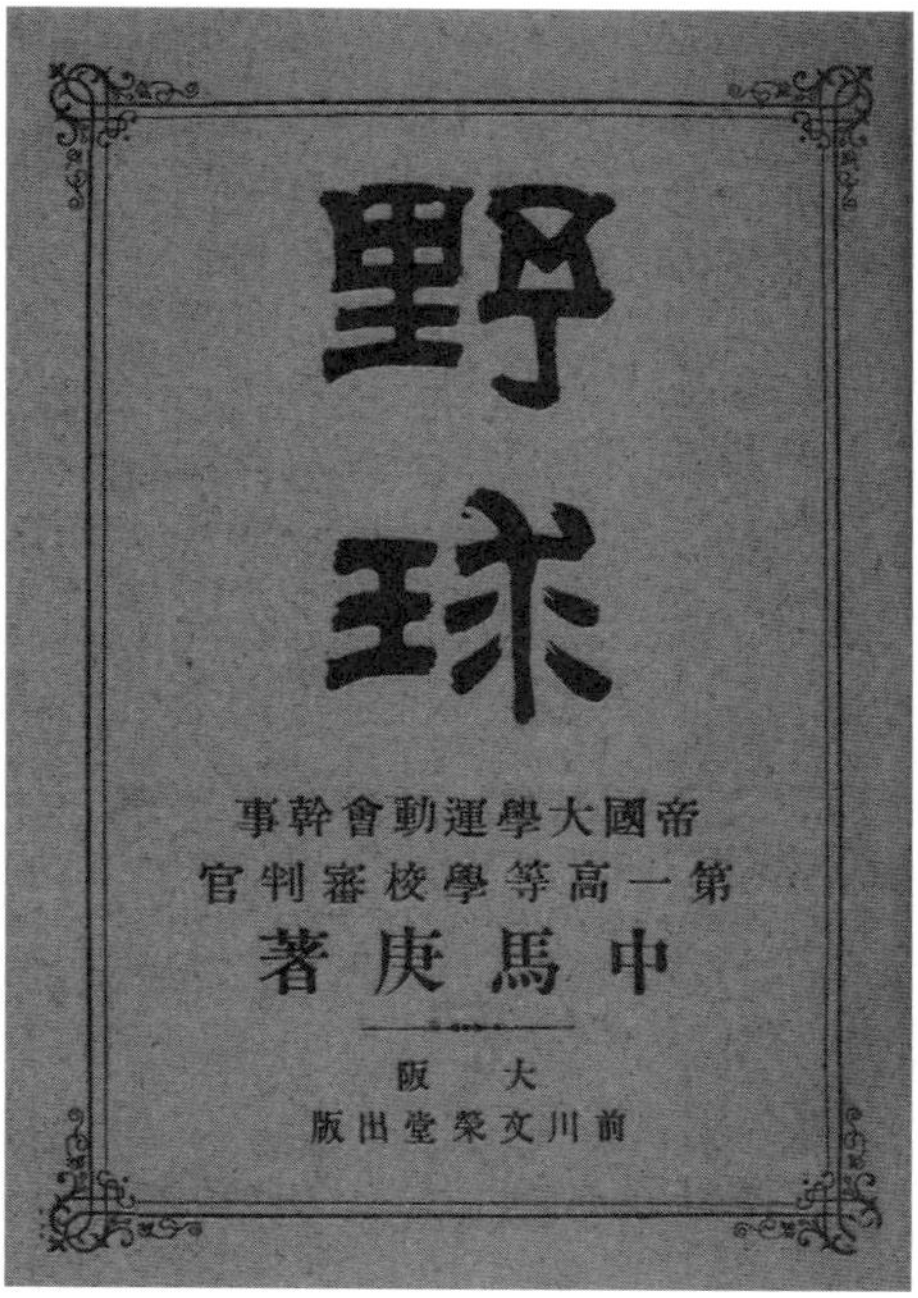

図７　明治30（1897）年に出版された中馬庚著『野球』の表紙

期の中等（学）科を輝く時代に導いた堀河親清投手がいたというのである。彼が「野球を始めた年代は不明だが野球部に入るや短期間に技術が上達し、器用で駿足、打撃にも優れていた。巧みな投球で打者を操つり、モーションも敏捷で機を見るのが速く、（略）八手のカーブを能くしたという。彗星的出現で本院に一時代を劃《かく》したのである。」（『学習院野球部史誌』50頁）とのことである。

また、明治38（１９０５）年、慶応（野球部）を卒業した渡辺万治郎は「投手の亀山亮作氏は一高の青井マサオ（＊ジュツオ【注38】参照）氏の直伝でカーブの投げ方を教わり、なかなかの豪球投手でした。」（『慶応義塾野球部百年史（上巻）』６頁）と述べている。

この様に、「魔球（カーブ）」の投球術は、明治30年代後半にはかなりの広がりをみせていた。しかし、この「魔球」について、中馬庚は次のとおり忠告している。

「魔球ハP．（＊ピッチャー）ノ利用スベキ最良ノ武器ナリ、然レトモ（略）魔球ハ回轉甚シキカ故ニ其速度必ラス弱ク加フルニ打手ハP．ノ姿勢ヲ見テ其何種ノ球ナルヤヲ豫知スルガ故ニ却ツテ大害ヲ醸スコトアリ」（『野球』83頁）

また、『同書（野球）』の中で、青井鉞男も次のとおり忠告している。

「投球ノ練磨ヲ爲スニハ、始メヨリ魔球ヲ投スルコトヲ勉ムベカラス知名ノ打手ヲ生捕スルニハ強球ニ依ルヲ重モトス（略）」（『前掲書』83頁）

このとおり、二人の忠告は大変鋭い指摘であり、現在にも通じる理論である。話がやや迂回してしまったが、この青井投手擁する一高が、明治29（1896）年5月13日、6月5日、6月27日に行われたアメリカ（横浜居留地アマチュア倶楽部ＹＣＡＣ）との国際試合において、3連勝したことについては、すでに第4章3において述べたとおりである。

この後、明治30（1897）年には、一高は藤井國弘投手が青井投手の後継者となってアメリカ（横浜居留地チームを破り、さらに（一高）は「球神と稱《しょう》せられた」（日本人初と思われる）左腕投手の守山恒太郎《もりやまこうたろう》【注39】が引き継ぐことになる。

この守山は、明治33（1900）年5月、横浜アメリカチームを牛耳る好投を見せて注目されるが、「彼守山は、實に當時の球界の麒麟兒《きりんじ》、花形役者として、明治球史の上に不朽の盛名を殘してゐる。」（『東京六大学全集（上巻）』40頁）と言われており、さらに次のとおり述べられている。

「彼の球は剛球、ブーンと唸りを立てて飛び來たり、突如、それが急に大きく落下するかと思ふと、次の一球は心持ち浮き氣味ともなる。その變幻自在《へんげんじざい》の怪投には、時の强豪横濱外人團も敵すべくなく、ただGreat Pitcher Moriyama！の嘆聲《たんせい》を發せしのみ。有名なる三十五年の横濱外人團のスコンクゲームの時など、彼の物凄き好投は正に入神の技ならんと稱《しょう》せられた。」（『前掲書』40頁）

しかしながら、明治36（１９０３）年の黒田投手になって以降、一高のチーム力は衰退していき、それ（14年間続いた一高）に代わって、早稲田と慶應（早慶）が球界の盟主へと名乗りを上げることになる。なお、参考までに、一高の明治23（１８９０）年から明治37（１９０４）年までの「戦績は六四勝一一敗、特に明治三三（一九〇〇）年以降は三二勝一敗という圧倒的な強さを誇った」（『立教大学野球部史』38頁）ということである。

いっぽう、一中（一高）が都下の覇権を握った頃の京都では、三高（第三高等中学校、現京都大学）と同志社がベースボール部（会）を興している。三高は明治21（１８８８）年に大阪（城近く）から京都に移転、その後、壬辰会《じんしんかい》にベースボール会をつくり、明治25（１８９２）年11月19日、同志社に挑戦した。これが、両校最初（第一回）の同志社対三高戦である。

この試合は「同志社は技量に一日の長をみせて24対22で勝つ（＊表9）。白洲【注40】は、二塁手から二回に投手に代り、絶妙のカーブで三高打者をよせつけなかった。（略）（＊敵の三高）神稜誌はいう。『……同志社ベースボール会を双肩に荷《にの》うて一手働《いってばたら》きの称ある彼の大将が2nd《セカンド》を勤めしが、敵のＰ（＊ピッチャー）の欠損生ぜしを機として、Ｐの役を持ちしは、是《これ》ぞ敵の秘略にして、其《そ》の意地悪きCurve《カーブ》 Ball《ボール》に、味方の勇士三人まで、物の見事に続けて失敗せしめける……』（『同志社大学野球部史　前編』11頁）というものであった。

なお、両校2回戦は、明治26（１８９３）年2月25日、吉田山（三高校庭）で行われるが、「白洲が、突如センターを守ったことこその秘略であった。三高から奪ったアウトカウント二七のうち、白洲の処理し

表9　同志社対三高初の野球試合記録

第1回戦（明治25年11月19日）

第三高等中学校				同志社			
姓	守備	Runs	Outs	姓	守備	Runs	Outs
山田	P, LF	3	3	藤野	C	1	5
日比	C, RF	1	5	白洲	2B, P	5	1
富永	SS, C, P	3	2	加藤	3B	3	3
清水	1B	3	2	清水	SS	3	3
石井	2B	2	4	井上	RF	3	2
大田黒	3B	6	0	黛	1B	4	2
西元	RF, C	1	5	高橋	P, 2B	2	2
平林	LF, SS	1	3	中村	LF	0	6
正木	CF	2	3	村瀬	CF	3	0

	I	II	III	IV	V	VI	VII	VIII	IX	=	総計
第三高等中学校	5	2	1	9	1	1	1	0	2	=	22
同志社	2	7	5	2	2	5	0	1	…	=	24 +

〈出所：『同志社大学野球部部史　前編』（1993）12頁〉

たセンターフライが一八であった。彼の思惑が的中したのである。」（13頁）ということで、20対14で同志社が勝利（二連勝）している。

話は外れるが、この白洲純平は明治26（1893）年に卒業、神戸の森村組を経て米国エール大学に留学する。そこで、白洲はエール大学に、明治29（1896）年、一高が横浜アメリカチーム（YCAC）に3連勝した強さをPRする。それが効を奏して、エール大学から一高に、アメリカ遠征を促す招待状が届けられる。しかし、「一高選手は狂喜したが、長期間の学業放棄が障害になり、最後は断念せざるを得なかった。」（『前掲部史（前編）』18頁）とのことであり、結局、日本の野球部のアメリカ初遠征は、これから9年後の明治38（1905）年、早稲田大学野球部まで待つことになる。

（4）四国（愛媛）での初のカーブ

ここで、再び、カーブ（魔球）の話に戻すが、日本での上手投（オーバーハンド）からのカーブは、先述したとおり、東京（一高等）から関西（同志社）に伝わり、やがて子規の故郷松山にも伝えられる。そして、愛媛県野球史上初めてカーブを投げた人物は、明治30（１８９７）年、東京（早稲田中学）から松山中学に転校した畑（元早稲田中学野球チーム投手）であったことを、「松山中学時代二塁手・外野手として活躍し、卒業後は五高（現熊本大学）から京都大学医学部へ進学。後に五高と京都大学野球部創設に関わった」佐野熊翁（明治33〈１９００〉年、松山中学卒）は、次のとおり述べている。

「松山中学三年の時（明治30年）早稲田中学から畑という生徒が転校してきました。彼は、早稲田中学でピッチャーをしていて、カーブを投げて見せるといいます。私たちはカーブをしらない。そこで運動場へ集まって投げさせました。そして、スッと曲がるのにびっくりし、本に書いてあった魔球というのはあるんだなということが判かりました。アウ（＊ト）ドロだけで、シュートはありませんでした。畑君は愛媛県の野球の歴史の上で、はじめてカーブを投げた人です。」（『子規が伝えて一二〇年』24頁）

子規の松山への最後の帰省は、明治28（１８９５）年である。よって、「畑投手のこのカーブ」はその2年後のことであるので、明治29（１８９６）年に書いた『松羅玉液』の中で述べている「変化球（外曲・内曲・墜落）」の記述には関係していないことになる。なお、明治33（１９００）年、「畑投手のカーブ」を見た（ことを証言した）佐野熊翁は、五高（現熊本大学）に進学する。この年、丁度、五高教授でいた夏目漱石がイギリスに留学する年と重なるのであるが、上手投げからのカーブは（すでに他のルートで伝えられていたかも知れないが）少なくとも彼によって、この五高に伝えられたはずである。

３　松山（中学）のベースボール（野球）の始まりと発展

すでに、第2章5において述べたとおり、（子規や遠山校長、さらには外国人教師から）松山（中学）にベースボールが伝えられたのは、明治22（１８８９）年のことであった。東京では、第一高等中学校や駒場農学、東京商学校、明治学院、青山英和学校、慶應、学習院などの各学校にベースボール部が創られ、学校間の対校戦（試合）が行われ出して間もない頃のことであった。

よって、松山（中学）には、（地方としては）かなり早い時期にベースボールが伝えられたと言えるし、松山中学（当時、愛媛県立尋常中学校）には（子規が伝えて3年後の）明治25（１８９２）年に、球技同好会が設立されている。しかし、明治25（１８９２）年頃のベースボールは「極めて幼稚なものであって、その道具というのも、バットとボールの二種類があっただけであったらしい。」（『子規が伝えて一二〇年』20頁）

そして、明治26（１８９３）年―28（１８９５）年頃になって、「当時の商人は、（略）ボールらしいものを製造し、一個八銭―一五銭で売り始めたので、みな争ってこれを買い求め、運動場はもちろん練兵場でこの球で遊ばない者はないほどになって来た。」（『前掲書』21頁）そうである。

こうした状況下にあった松山中学（写真26）（の野球）は「明治二九（一八九六）年以来、非常な勢いで進歩し、名選手が続々と輩出し出した。（略）このようにして広まった野球は、同郷の者、同宿の仲間、あるいは同好の者と語って野球倶楽部を結成し、それぞれの技を磨き、そのうち精鋭・名選手を集めて、ふいに

写真 26　松山中学の野球選手たち（明治 33 年 3 月）

―捕手以外、グラブを持っている選手はいない。投手・野手は素手で捕球していた。タビ（スパイク）、脚絆（ストッキング）、兵児帯（ベルト）を着用していて、裸足の選手も多かった
〈出所：松山東高校野球史編集会編『子規が伝えて 120 年』（2009）28 頁〉

他流試合を申し込んだり、勝敗を競ったりするようになったのである。」（21頁）

「明治三一（一八九八）年秋には、（松山中学）寄宿舎内子《うちこ》尚武会がキャッチャー用マスクとミットを購入したのをきっかけに、各倶楽部は競ってこれらを購入し、それによって、（略）ようやくダイレクトキャッチが採用されることになった。これで、試合中に二塁三塁でアウトになることが多くなり、攻守の駆け引きなども進んできたのである。」（21頁）なお、先述したとおり、「四国での初カーブ」は明治30（1897）年のことであった。

　こうして、松山中学は「明治三二年球技部（野球・庭球・及びフットボールを合わせて、一部の下《もと》に置いたもの）を設置したのである。」そして、明治32（1899）

年５月、松山師範学校と初の対外試合を行うのであるが、「雨天のためドローンゲーム（八対八の引き分け）となった。」（21頁）翌明治33（１９００）年には、松山中学は松山師範学校（写真21参照）や西条中学、高松中学と試合を行い、いずれも勝利を収めるのである。

さらに、明治34（１９０１）年８月10日には、高松中学を19対15で破り、８月12日には広島中学を10対８で、そして９月23日には西条中学を25対13で破った。この勢いは止まらず、明治35（１９０２）年11月には、京都第三高等学校（三高、現京都大学）主催の「府県諸学校連合野球大会」に出場し、滋賀県第一中学校を16対３で破るとともに、岡崎中学を３対１で破ったのである（28―35頁）。

この様に、松山中学は（当時の）中学校においては正に敵なしであったが、松山中学の野球が飛躍的に進歩した背景には、実は「富田」という一人の卒業生（選手）の存在があった。「富田貫一氏は本校を卒業して第三高等学校に入学し、そこで野球に精進してついには第三高等学校選手になった人であるが、この富田氏が明治34年１月に帰省し、この彼によってもたらされたものは、はなはだ大きいものがあった。」（『前掲書』22頁）と述べられているとおり、富田は二個のベースメンミット（内野手のグラブ）を購入し、そのグラブと他の二つのキャッチャーミットを練習や試合で使うことによって捕球や投球を上達させるとともに、上手投の投球法や魔球（イン、アウト、ドロップ３種の変化球）を伝授したり、ゴロやフライの取り方、バッティングの型及び練習法、盗塁の仕方等の一つ一つを指導したのである。

以上、松山東高校野球部史編集会編『子規が伝えて一二〇年』から、松山中学を中心とした明治35年頃までの「ベースボール（野球）の始まりと発展」についてまとめてみたが、こうした野球に対する熱心な取り組みが、現在の「野球王国愛媛」をつくり上げる出発点となり、同時に将来に向けての大きな原動力となったのである。

ちなみに、「の・ボールミュージアム（野球歴史資料館）」の「展示・資料（パンフレット）２０１３」によると、高校野球夏の甲子園においては、これまで松山商（５回）、松山東高、西条高、新居浜商、済美高の５校が各１回（計９回）優勝しているし、愛媛県の勝利数は通算１００勝を越えたそうである。また、春の選抜甲子園でも、これまで宇和島東高、新田高、済美高の３校が優勝している【注41】。この他、プロ野球等で活躍した選手も数多く、その中から（名誉ある）「野球殿堂入り」を果たした人も（子規を含めて）11名という多くを数えている。もちろんのこと、日本野球界におけるこうした実績が「野球王国愛媛」を言わしめている所以なのである。

【注釈】（第2部、第4・5・6章）

【注22】「(子規は）明治十九年、一高（＊第一高等中学校）にベースボール部（＊会）が創設されると早速入部（＊会）した。その頃の子規は、〈ベースボールのみ耽りてバット一本球一個を生命の如くに思ひ居りし時なり〉と、後年、大袈裟に回顧している。」（日下徳一『子規もうひとつの顔』70―71頁）

【注23】第一高等中学校野球部（の開祖）は「明治九年（＊十九年の間違い）四月、東京大學豫備門を改めて第一高等中學校と稱せらるゝや法學部工學部のベースボール會を合併して始めて第一高等中學校野球部は成りしなり。」（『向陵誌　第二巻』「野球部部史」６５３頁）とあり、さらに「当時吾部の技たるや未だ世目を引くに足るものなく（略）時に試合を

催しノックを行ふに過ぎざりき。」（653頁）と書かれている。

【注24】正木正之、ロバート・ホワイティング『ベースボールと野球道』は「一高野球部は『血の小便』というモットーのもとで、練習に励んだ。つまり、練習が終ったときに血の小便を出さないようでは、まだまだ練習が足りないという考えで、野球に取り組んだのである。」（5頁）と述べている。

【注25】溜池倶楽部は、明治23年7月結成。農学校、商業校、三田（慶應）の有力選手を集めた倶楽部（クラブ）のこと。（『学習院野球部史誌』39頁）

【注26】溜池・白金連合軍は、都下学校の有力選手を集めたチームで、学習院より選手1名が参加している。白金は明治学院のこと。（『学習院野球部史誌』39頁）

【注27】「安政五（一八五八）年六月、日米修好通商条約が始めて調印され、各国がそれに続き、翌六年六月横浜が開港されて英国人を筆頭に多くの諸外国人が渡来し、横浜に広大な居留地がつくられた。そして、各種スポーツが持ち込まれ、その施設もできて次第に多種目にわたり盛んな活動が行われ出した。（略）従来、一般に横浜アマチュア倶楽部と言われるＹＣ＆ＡＣ（Yokohama Cricket and Athletic Club）は、明治十七（１８８４）年一番古いクリケットクラブを含め四つのクラブを併合して設立された。（陸上）競技、クリケット、フットボール、野球（＊ベースボール）、テニス等が行われた。」そして、野球では「日本人学生チームで対戦したのは、一高、慶應、早稲田、学習院、高等師範、横浜商業である。」さらに、「明治三十年代の京浜地区の野球界では、ＹＣ＆ＡＣは登竜門的存在で、これを破ることが一流のチームの必須条件として諸学校チームが挑戦を試みたのである。

明治二十九（一八九六）年、一高が始めてＹＣ＆ＡＣチームと対戦して三勝一敗で勝利を得たことは、三十年代に野球が諸学校の間にブームを巻き起こした一因であり、その地位を決定したと言える。」（『学習院野球部史誌』55―56頁）

【注28】青井鉞男は「明治29（１８９６）年第一高等学校野球部投手として初めて外人チームに勝ち、よく後進を指導した。初めて野球規則を邦訳し野球近代化の途を開いた」ことから、昭和34（１９５９）年に野球殿堂入りしている。（「野球体育博物館展示資料」、『野球殿堂２０１２』６頁）「青井は一高野球部第三代の投手である。（略）青井のときには技力

更に進んでもはや国内には全く相手になるものがなくなった。」（君島一郎（『前掲書』85―86頁）なお、中馬庚著『野球』（1897）には、青井が常用する8種の魔球（カーブ）のボールの握り方が図示（図4参照）されている（76―85頁）。

【注29】一高対アメリカ人（チーム）との（当時の）国際試合の様子は『向陵誌　第二巻』「野球部部史」（663―668頁）に詳細に述べられており、また朝日新聞社編『野球年鑑（大正五年）』（67―71頁）には、その抜粋が述べられている。

【注30】捕手がミットを使用することによって、ダイレクトキャッチが可能となったため、二・三塁への盗塁死（アウト）が多くなった。

【注31】「二十年代後半から三十年代、関東や近県で野球部のあった中学校は、郁文館中学、独逸協会中学、高師附属中学校、正則学園、明治学院、青山学院、学習院、城北中学、横浜商業、宇都宮中学、水戸中学、静岡中学。（大和球士『日本野球史明治篇』）」（『学習院野球部史誌』49頁）であった。ちなみに、「全国中等学校野球大会（現在の夏の甲子園）」は大正4（1915）年に、また「東京六大学リーグ戦」は大正14（1925）年に、始められている。（「野球体育博物館パンフレット」）

【注32】神田順治は大正4（1915）年生まれ、元東京大学教養部教授で野球部監督。1965年に『野球の魅力』、1992年に『子規とベースボール』の著書がある。

【注33】木戸孝正は、木戸孝允（桂小五郎）の養子。旧姓は来原《くるはら》。明治7（1874）年、アメリカ留学から帰国後、東京帝国大学入学。日本最初のベースボール倶楽部「新橋アスレチック倶楽部」を平岡凞《ひろし》等と創設した。木戸孝正は、明治・大正時期の東宮侍従長であり侯爵であった。（htt://ww6.plala.or.jp/guti/cemetery/PERSON/K/kido-tkm.htm.l）

【注34】明治26（1893）年、慶応義塾野球部に入部し活躍した平沼亮三『慶応義塾野球部百年史（上巻）』は、「グラブやミットも捕手だけしか使わなかったが、私の入った時分（＊明治26年）にはもう皆つかっていた。」（3頁）と述べており、慶應義塾のミットやグラブ使用は他のチームよりも早かった様である。なお、平沼亮三は明治25（1892）年、慶應義塾野球部発足時の幹事を務め、三塁手として活躍した。昭和7（1932）年から10年間、東京六大学野球連盟第二代目会長を務めた。

平沼亮三は「野球以外のスポーツも愛し、多くの運動団体の会長を歴任し、2度もオリンピック日本選手団の団長を務めた。」ことから、「アマチュアスポーツの父」と尊敬された。昭和54（1979）年に、野球殿堂入りしている。（『野球体育博物館資料』、『野球殿堂2012』55頁）

【注35】「野球殿堂博物館展示資料」（2013年6月）によると、明治43（1910）年に、慶應の学生である直木松太郎が、アメリカのルールブックである「Baseball Rules 1910」を翻訳し『現行野球規則』として出版して以降、「これによりアメリカとのルールにおける時差がなくなりました。」と説明されている。なお、直木は1970年に、野球殿堂入りしている。（野球体育博物館編『野球殿堂2012』33頁）

【注36】変化球の元祖である「カーブの考案（発見?）者は14歳の少年、ウィリアム〝キャンティー〟カミングスで一八六二年のこととされる。ニューヨークの下町ブルックリンの家の裏庭でカミングス少年が貝殻を投げて遊んでいるうちに、鋭い変化に気がついた。そこでボールを握って工夫を重ね、ついにカーブの投げ方を会得したという。彼は二十八歳になった一八七六年に、誕生したばかりの大リーグに加わった。二シーズンで二十一勝二十二敗の成績で終ったから、『魔球』の元祖としてはいかにも物足りない。しかし、カーブを広めた功績が評価されて殿堂入りをはたしている。」（伊東一雄・馬立勝『野球は言葉のスポーツ』82―83頁）

【注37】アメリカでは1845年以来（1871年まで）、「ボールは打者に対して、肘を伸ばして下手から抛《ほう》る（pitch）こと」という規定があった。本来、肘を曲げないで（腕をまっすぐに伸ばして）投げるのを「ピッチ（pitch）」と言い、腕（肘）を曲げ手首を使って投げるのを「スロー（throw）」と言った。

【注38】君島一郎『野球創世記』は「青井の名は鉞男（えつお）でなく鉞男（じゅつお）であったということが後になってわかった。」（98頁）と述べている。また、「青井の野球における力量技能については明治36年6月発行の総合運動雑誌『運動界』第一巻第一号所載「向ケ岡十二勇」の選手概評に、投手青井鉞男氏。（略）幼にして石投に長じ、常に数町の遠きに達し今八町の変称《アダナ》を得た。所謂捻球《カーブ》八手の術は半ば之を福島金馬氏に受け、半ば之を自らの研究より得たり。昨夏の激戦に於ては其秘術を以て大いに外人の肝胆を奪い、取手《キャッチャー》藤野氏と共に嘖々の名ありき。（略）氏の打撃力は一段と猛烈なり。」

（98頁）と述べている。

【注39】守山恒太郎について、飛田穂洲『野球人国記』は「守山氏は横濱のアマチュアを零敗せしめたるによつて最も有名な人で、その練習苦心の佳話は廣く斯界に紹介され、模範とされてゐる。攻撃精神の旺盛な當時の一高選手中でも屈指の選手《ひと》であつた。『余は一高の野球あることを知つて他あることを知らず』と豪語したほど徹底的に一高を熱愛した人であつた。（略）至上の愛部心から投球過度のため彎曲せる左腕を校庭櫻樹《あうじゆ》の枝に釣って矯正したり、月明に乗じただ獨り煉瓦の壁にコントロールを修練するなど崇高なる練習心が沸いたのであろう。」（36—37頁）と述べている。

【注40】飛田穂洲『前掲書』が「三高には明治二十五年三月底球部（野球部といはず）なるものが設けられ、同年十一月御苑内の芝生において同志社と戰つたが、同志社の投手白洲純平氏の好投に破られた。此の白洲氏は白金の名人捕手白洲氏の令弟（略）」（38頁）と言っているとおり、兄文平と野球兄弟として知られている。なお、純平は「明治十九（一八八六）年東京の文平を追って、神戸の生家（生糸貿易商）をあとに明治学院に入る。」（『同志社大学野球部部史　前編』３頁）が、その後、同志社に転校した。

【注41】朝日新聞（２０１５年5月12日付）に掲載された「全国高校選手権、選抜での都道府県別戦績」によると、２０１４年までの夏の甲子園（選手権）における愛媛県の勝利数は１１５勝（63敗1分）で全国8位、春の選抜は66勝（54敗）で全国10位となっている。

資料3　アメリカのベースボール用具・ルール・技術等の変遷（概要）

西暦　（元号）	概要　◇日本の場合
１８４５（弘化２）年	（９月23日）カートライトが、20条のルールブック（21点制、ピッチャーはアンダーハンドスロー、ワンバウンド捕球でアウト、９人制、塁間90フィート等）を作成する。
１８４６（弘化３）年	（６月19日）20条ルールによる最初の試合が、ニュージャージー州ホボケンで行われる。
１８４９（嘉永２）年	ニッカ・ボッカーズ・クラブが、初めてユニフォームを着用する。
１８５７（安政４）年	アマチュアチームが、９イニング制の採用を決定する。
１８５８（安政５）年	初のベースボール協会（National Association of Baseball Players）が誕生する。
１８６０（万延元）年	Ｐ・クレイトン投手が、アンダーから速球を投げる。
１８６２（文久２）年	14歳少年ウィリアム・カミングスが（貝殻投げ）からカーブを考案する。
１８６３（文久３）年	投手用ボックスを採用し、ピッチャーはボックスから2度出ると、バッターには1塁が与えられた（１８９２年まで適用）。ヘンリー・チャドウィックが記録法（ボックススコアー）を考案する。
１８６５（慶応元）年	（南北戦争後）西部や南部にもベースボールが広まる。
１８６６（慶応２）年	女学生のベースボール・クラブがヴァサー・カレッジに作られる。
１８６８（明治元）年	ＮＡＢＰがプロ選手とアマチュア選手の二種類を公認する。ハリー・ライトが最初のプロチーム、シンシナティ・レッドストッキングスを誕生させる。
１８６９（明治２）年	バットの長さ42インチ（１０６・７㎝）以下となる。
１８７０（明治３）年	バッターにハイボールかローボールを要求する権利が与えられる（１８８７年廃止）レッドストッキングスが69連勝を達成する。
１８７２（明治５）年	ボールの重量が１４１・７～１４１・８ｇとなり、周囲が22・９～23・３㎝となる。ＮＡがアンダー・ハンド・スローを認める。

1873（明治6）年　◇H・ウィルソンによって、日本にベースボールが伝えられる。野手がフライボールを帽子で捕ることが禁止される。

1874（明治7）年　◇木戸孝正がアメリカからボールとバットを持ち帰る。

1875（明治8）年　捕手用マスクが考案される（フェンシング用モデル）。チャールズ・G・ウエイトがグラブとミット（つめものなし）を紹介する。

1876（明治9）年　現在のナショナル・リーグが結成される。

1878（明治11）年　◇平岡凞が新橋倶楽部を結成し、日本初のユニフォームやキャッチャー用マスクを作製する。スポルディング社が『公式ベースボール案内』を創刊する。

1879（明治12）年　「ボール9球出塁制」が採用される。

1880（明治13）年　「ボール8球出塁制」が採用される。

1881（明治14）年　「ボール7球出塁制」が採用される。

1882（明治15）年　◇平岡がスポルディング社から最新式用具や『ルールブック』を入手する。

1883（明治16）年　◇新橋倶楽部が日本初のベースボール場（保健場）を造り、指導や試合を行う。ピッチャーのサイド・ハンド・スローが可能となる。

1884（明治17）年　◇ストレンジが『Outdoor Games』を出版する。新橋・白金・溜池・三田倶楽部時代を迎える。ピッチャーのオーバー・ハンド・スローが可能となる。

1885（明治18）年　キャッチャーがチェストプロテクターを使用する。

1887（明治20）年　「ボール5球出塁制」が採用される。ストライクは「肩から膝の上」とされた。球団が選手のユニフォームを用意することになる。

◇この頃、各学校にベースボール部が創設され、対校戦を行うようになる。少なくとも、この頃までは、ルールは旧方式のまま行われていた（アンダーからの投球を捕手はワンバウンド捕球、ピッチャーは打たせる投球、グラブやミットはなく「素手」捕球、ナインボール出塁制）であった。

1888（明治21）年　ストライク3つで打者がアウト（三振）となる。
◇岩岡保作がインカーブ、ドロップの投球を案出する（平岡からボールの握りを教わる）。

1889（明治22）年　「ボール4球出塁（フォアボール）制」が採用される。

1890（明治23）年　五角形のホームプレートが採用される。
◇福島金馬（第一高等中学校）が、サイドスローからカーブを試合で投げる（捕手はミットを使用する）。「ボール5球出塁制」を採用する。「ワンバウンドキャッチ制」を廃止する（ダイレクトキャッチ制を採用する）。第一高等中学校（一中—一高）の黄金期始まる。

1891（明治24）年　プレーヤーの試合中の交代がいつでも行えることが認められる。
◇打順を自由に決めて良いことになる。「ボール4球出塁制」伝わる（大和球児説）。

1893（明治25）年　バットは丸い棒でなければならないとされる。ピッチャー・プレートまでの距離が60フィート6インチとなる。
◇この頃から、捕手がミットを使用する。同志社対三高戦において、同志社の白洲がカーブを投げて好投する。

1894（明治27）年　バントしてファールした場合はストライクとなる。
◇美満津社がスポルディング社に50円を送り、ベースボール用具を購入、それを模倣して和製用具を作製する。

1895（明治28）年　ファールチップをキャッチャーが捕球すればストライクとなる。
◇『校友会雑誌号外』（発行）で、初めて「野球」が使われる。また、ルールに「Four Ball（five ball）」（59頁）とある。

1896（明治29）年　◇一高がアメリカ（横浜居留地）チームに3連勝するも、第4戦は破れる。この日米戦では青井鉞男（一高）が「カーブ八手の術」（8種のカーブ）で好投する。一高が第4戦後、グラブの使用を決める。高橋慶太郎編『ベースボール術』が出版される。

◇子規が新聞『日本』連載の『松蘿玉液』にベースボール紹介記事（解説）を執筆する。

1897（明治30）年 ◇中馬庚が『野球』を出版する。これ以降からグラブが使用され出す。◇アメリカとの第5・6戦で、一高が勝利する。◇この頃から、中学校のベースボール試合（対校戦）が行われ始める。

1899（明治32）年 ピッチャーのボークのルールができ、走者は一塁進塁が認められる。

1901（明治34）年 現在のアメリカン・リーグが結成される。

1903（明治36）年 NLとALの協定が結ばれて、現在の2リーグ制が確立する（各8チーム）。

1904（明治37）年 球団はホームとロードの二種類のユニフォームを用意することになる。◇早稲田対学習院戦で、初めてファールをストライクと数えた。早慶が一高を破り、早慶時代を迎える。早慶第2戦で、初めて「4球出塁制」が採用される。

1905（明治38）年 ◇早稲田チームがアメリカに遠征し、最新の科学的野球技術や練習法を学んで帰国する（スクイズ、バント、スライディング、野手のグラブの使い方等）。

1911（明治44）年 コルク芯のボールが認められる。

〈『本書』末『諸文献』より著者作成〉

第3部

夏目漱石、秋山真之とベースボール（野球）

第7章　漱石とベースボール（野球）

正岡子規（常規）と夏目漱石（金之助）との交際（友情）は深かった。よって、子規が熱中したベースボールに、漱石も何らかの影響を受けたと思われる。本章では、まずは両者の親交について触れるとともに、（これまであまり語られていない）「漱石とベースボール」について探ってみた。

1　漱石と子規の親交

子規と漱石とは、明治17（1884）年9月11日、東京大学予備門に入学した同期生である。漱石が子規と交友を結んだのは、明治22（1889）年1月のことであったと、「金之助が書いた漢文の紀行文『木屑録《ぼくせつろく》』の総評に、正岡が書いた」（江藤淳『漱石とその時代（第一部）』147頁）次の引用文に見られる。

「……余、吾兄を知ること久し、而《しか》うして吾兄と交れるは、則《すなは》ち今年一月に始まれり。余の初め東部に来るや、友を求むること数年にして、未《いま》だ一人を得ず。吾兄を知るに及んで、乃《すなは》ち窃《ひそか》に期する所あり。而《しかう》して其の己を知るを辱《かたじけな》うするに至つて、而《しかう》して前日を憶《おも》へば、其の吾兄に得る所は、甚《はなは》だ前に期せし所のものに過ぎたり、是《ここ》に於《おい》てか、余は始めて一益友を得たり。其の喜《よろこび》知るべきなり」（『前掲書』１４７頁）

この二人の交際について、江藤淳『前掲書』は「そのきっかけがなんであったかはあきらかでない。」（１４７頁）としながらも、「米山保三郎という共通の友人があったから、米山を通じて知り合うようになったとも考えられるが、あるいは寄席の趣味を通じてだったかも知れない。」（１４８頁）と述べている。この点、夏目漱石『正岡子規』（河出書房新社編）も「彼と僕と交際し始めたもう一つの原因は、二人で寄席の話をした時、先生も大に寄席通を以て任じている。ところが僕も寄席のことを知っていたので、話すに足ると思ったのであろう。それから大に近よって来た。」（８頁）と述べている。

「子規は明治十八年の学期末試験で不合格となり落第したが、金之助も腹膜炎のため、翌年の進級試験を受けられず、落第の憂き目を見ていた。落第と同級という絆が切れぬ二人は、子規の『七草集《ななくさしゅう》』をきっかけとして、話を交わすようになる」（土井中照『前掲書』72頁）のであるが、子規のこの『七草集』の脱稿は、明治22年5月1日である。子規はこれを友人たちに回覧して批評を乞うたのである。

この『七草集』とは「子規が前の年の夏、向島長命寺の桜餅屋月香楼に部屋を借りて休暇をすごしたときの作品である。『蘭《らん》』『萩《はぎ》』『女郎花《おみなえし》』『芒《すすき》』『蕣《あさがお》』『葛《くず》』『瞿麦《なでしこ》』の秋花七種にちなんだ七章よりなり、うち五章は向島滞在中に書かれ、二章がのちにつけくわえられた。」（江藤『前掲書』１５８頁）というものであるが、当然のことながら、漱石もこれを読み、子規の「漢詩、漢文、和歌、俳句、謡曲、論文、懐古体小説という七種類の文体で作った文集」に対し、おそらく「子規の好奇心多様な広がりに興味をそそられただろう。」と粟津則雄『漱石・子規往復書簡』「解説」（４８２—４８３頁）は述べている。

ところで、子規は『七草集』脱稿の8日後の5月9日、突然（二度目の）「喀血」をするという大きな打撃を被る。そして、「5月19日、漱石は友人たちと子規の病床を見舞う、のち医師山﨑元修を訪ね、子規の病状・療養法を問う。帰宅後、子規宛の初めての書簡を投函」（和田茂樹編『漱石・子規往復書簡集』12頁）する。その書簡（見舞い状）の内容は次のとおりであった。

「（略）同氏（＊山崎医師）は在宅ながら取込み有之由《これあるよし》にて不得面会《めんかいをえず》、乍不本意《ふほんいながら》取次を以て相尋ね申候処、存外の軽傷にて別段入院等にも及ぶ間舗《まじき》由に御座候へども、風邪のために百病を引き起こすと一般にて喀《かっ》血《けつ》より肺労または結核の如き劇症に変ぜずとも申しがたく、只今《ただいま》は極めて大事の場合故《ゆえ》出来るだけの御養生は専一と奉存候《ぞんじたてまつりそうろう》。小生の考へにては山﨑の如き不注意不親切なる医師は断然癈し、幸ひ第一医院も近傍に有之《これあり》候へば一応同院に申込み医師の診断を受け入院の御用意有之たく、去すれば看護療養万事行き届き十日にて全快する処は五日にて本復《ほんぷく》致す道理かと存候。（略）小にしてはご母堂のため大にしては国家のため自愛せられん事こそ望ましく存候。」（『前掲書』15—16頁）

この書簡について、粟津『前掲書』「解説」は「これが子規あて書簡の最初のものだ。すみずみまで親身な心配りがしみとおった漱石らしい手紙だが、そこには子規という人物に対する尊重もすけて見える。」（４８３頁）と述べている。また、江藤淳「青年正岡子規」『筑摩書房月報65』は「それは、感動なしには読むことのできない友情と共感の文章である。金之助は専心養生をすすめ、正岡のかかっている医者の誠意のなさに憤慨して、別の医者に診断をあおぐよう忠告している。」（１―２頁）

この様に、子規と漱石の親交（友情）は、この子規の２回目の「喀血」（の見舞いと書簡）によって、いっそう深められたと思われるが、さらに子規が書いた『七草集』に対する漱石「評」と、漱石が９月９日に脱稿した『木屑録《ぼくせつろく》』の子規「評」によって、さらに確固たるものになっていくのである。

以下、この辺の事情と経過について、もう少し述べておくことにしたい。

漱石は、先に子規を見舞った後の5月25日に、再び子規を病床に見舞っている。このときに、漱石は、子規の『七草集』に評を付して返却する。「この『評』を読んだ子規の漱石観は一変した様である」と、粟津『前掲書』「解説」は述べている。それは「彼は漱石が英文に抜群の才能を示していることはすでに知っていたが、意外なことにこの評文は見事な漢文で書かれ、さらに九篇の七言絶句まで付されていた」（４８３頁）からである。

この漢詩文の分野については、子規は（幼いときから訓練されていたので）相当な自信を持っていたのであるが、漱石の書いたその出来映えに驚かされたのである。

「明治二十二年八月、友人と房州《ぼうしゅう》に旅行した漱石は、その紀行文として漢詩文『木屑録《ぼくせつろく》』を書き、子規の批評を乞《こ》うた。子規は巻末に『余の経験によると英学に長ずる者は漢学に短なり、和学に長ずる者は数学に短なりというが如《ごと》く、必ず一長一短あるものなり。独《ひと》り漱石は長ぜざる所なく達せざる所なし。』と書き、漱石の文才に驚嘆した」（江藤淳『漱石とその時代（第一部）』１６３頁）のである。そして、「子規はその驚きを、君は『千万人中の一人』だと称え、僕が上京して以来初めて出会った真の友人だとその喜びを伝えた。漱石がそのような手紙をもらって、嬉しくないはずがない。」（中村英利子編著『漱石と松山』12―13頁）以降、子規が「正直にして学識のある人を第一の友とす」（子規『筆まかせ抄』73頁）と述べているとおり、漱石を第一の友とし、また「夏目金氏（漱石）を『畏友《いゆう》』（尊敬する友）」（74頁）と呼んだのである。

「かくして彼らの仲は一挙に深まったわけだが、これは単に親しさが増したというようなことではない。その交友が深まるにつれて、さまざまな対立をはさんだそれぞれの個性のありようが、交友の深まりに吸い寄せられるようにして立ち現われてくる。この年の十二月三十一日付けの手紙においてすでに、漱石は子規に手きびしい批判を加えるのである。彼は、子規の文章が『なよなよとして婦人流の習気を脱せず』と言う。とともに、『御前少しく手習いをやめて余暇を以て読書に力を費し給へよ』と直言するのである。」（粟津『前掲書』「解説」４８５頁）

この点について、『松山中学・松山東高校同窓会別冊』も、「二人の間柄は単なる仲良しにとどまるものではありません。お互いに志す文芸上の討論や書簡の往来による切磋琢磨はもちろんの事ですが、お互い忌憚のない、率直で厳しい批判や助言・忠告も交わしています。」（７頁）と述べているが、こうした真の交際ができた背景には、漱石が子規という人物を知り尽くしていたことにもよったと思われるのは、漱石『夏目漱石全集10（筑摩書房）』の次の引用文から読み取れる。

「（＊子規は）非常に好き嫌いのあった人で、滅多《めった》に人と交際などはしなかった。僕だけどういうものか交際した。一つは僕の方がええ加減に合わして居ったので、それも苦痛なら止めたのだが、苦痛でもなかったから、まあ出来ていた。こちらが無暗《むやみ》に自分を立てようとしたら迚《とて》も円滑な交際の出来る男ではなかった。」（『前掲書』３０３頁）

漱石は「明治二十五年（一八九二）には、退学（を決意）した子規と、夏、京都、堺に遊び、松山の子規の家を訪ねて、高浜虚子を知る。」（人と文学シリーズ『夏目漱石』１５８頁）ことになる。

こうした中で、二人の交際はさらに深まっていくことになるが、『漱石全集』や二人の「往復書簡」を丹念に調べ考察した黒須純一郎『日常生活の漱石』は「漱石は、予備門の頃から、才能は隠れもなかったがでしゃばらない性格なので、彼と親しく付き合う友人は多かった。しかし、多くの交わりの中で漱石と子規の親交ほど、文学史だけでなく、明治期以降の日本近代史の中で、文化的水準が高く濃密《のうみつ》な親しみを帯びた友情関係は類を見ないであろう。」と述べるとともに、「歴史に『もしも』は禁句だろうが、子規がもっと長生きしていれば、実際の親交と手紙の遣り取りを通じて、漱石の心身の健康状態はもっとはりのあるものになったかも知れない。」（１４０頁）と、漱石と子規との親交が短期間で終ってしまったことを惜しんでいる。

漱石は、明治26（１８９３）年7月、文科大学英文科を卒業し（写真27）、さらに大学院に進学するが、10月には東京高等師範学校（後の東京教育大学、現筑波大学）の英語教師に就任する。

しかし、明治28（１８９５）年、28歳の漱石は、突如高等師範学校を辞め、外国人教師ジョンソンの後を

写真 27　帝国大学文科大学時代の夏目金之助

〈出所：中村英利子編著『漱石と松山』アトラス出版（2005）16 頁〉

受けて、愛媛県立尋常中学校（松山中学校）（写真28）の英語教師となる。なぜ突然、松山に赴任したかについては「最も大きな理由は、とにかく東京を離れたいという点にあった。」（中村英利子編著『漱石と松山』25頁）ということであるが、月給が倍以上（＊月給80円）になる【注42】、失恋の痛手を癒すため【注43】といった理由も上げられている様に、諸説あり、その真相を突きとめることはできない。

　ただ、漱石には、丁度同じ頃「山口高等中学校教授になっていた同級生の菊池謙二郎からも、赴任を促す手紙が来ていた」（『前掲書』24頁）のであるが、この山口ではなく松山（中学校）を選んだのは、やはり「松山が親友子規の故郷であり、曾遊の地であったからである。」（日下徳一『子規もうひとつの顔』70頁）ことには違いなかろう。

　こうして、選んだ松山（中学校）であったが、「この松山における中学教師の生活が、漱石にとって決して心の救いにならなかったことだけは確かである。（略）ともかくもひどく厳格なやかましい教師として、大多数の生徒の目には映じたに過ぎなかったようである。松山中学における漱石のあだ名は『鬼瓦』というのであった。顔にあばたがあって色が赤黒かったから名づけられたという。」（坂本浩『声で読む夏目漱石』6―7頁）そして、「『七つとやー七つ夏目の鬼瓦』と生徒間で歌われたそうで、凛として威厳があったとも

写真28　夏目漱石の奉職当時（明治28年）の松山中学校

―現在の「愛媛県庁前」松山城東堀に面していた。現在の「NTT西日本」の場所にあった
〈出所：網野義紘『夏目漱石』清水書院（1991）137頁〉

言われている。」（『松山中学・松山東高校同窓会別冊』20頁）

この漱石の〝あばた〟については「五歳のとき、種痘がもと本疱瘡《ほうそう》をひきおこし、顔をかきむしったために、鼻の頭をはじめとして相当ひどいあばた面になった。」そうで、松山の後に赴任する五高（現熊本大学）でも、「遠目貴公子、近あばたと学生たちから言いはやされた。」（小山田義文『漱石の謎』10頁）そうである。

いずれにしても、漱石にとって、松山は、少なくとも「住みにくい、わずらいの多い都を離れて、自然の恵みのゆたかな田舎」（小山田『前掲書』6頁）にはなり得なかった様である。しかし、その松山において、漱石は子規との親交を深める絶好の機会を得るのである。

それは同年8月、日清戦争に従軍した帰りの船の中で喀血し、神戸病院に入院。その後、須磨保養院へ移って療養、7月下旬やっと肺結核の危篤状況を脱したばかりで、静養のため松山に帰省した子規が、漱石の住居「愚陀佛《ぐだぶつ》（庵《あん》）」（写真29）に転がり込み、50余日間を過ご

写真29　漱石と子規が同居（明治28年）した「愚陀佛庵」の復元

―写真の「愚陀佛庵」は、昭和57年に復元されたもの。この建物は平成22年7月12日の土砂災害で崩壊、消失した〈著者撮影〉

すことになるからである（＊「愚陀佛」とは漱石の俳号）。『夏目漱石全集10（筑摩書房）』には、このときの状況が次のとおり書かれている。

「なんでも僕が松山に居た時分、子規は支那から帰って来て僕のところへ遣《や》って来た。自分のうちへ行くのかと思ったら、自分のうちへも行かず親族のうちへも行かず、此処《ここ》に居るのだという。僕が承知しないうちに、当人一人で極《き》めて居る。」（『前掲書』３０１頁）

しかし、この子規と漱石が同居するに至った事実はそうではなく、「漱石は、今自分が借りている松山市二番町の上野義方の離れに移ってきたらどうかとすすめている。後年の漱石の文章では、子規が押しかけてきたとしているが、実際は漱石がすすめたのである。漱石はそれまでいた一階を子規に明け渡して二階に移り、松山在の松風会会員への俳句指導はこの部屋で行われる。」（松井利彦『士魂の文学正岡子規』２０７頁）ことになったということである【注44】。

こうして、「『ほととぎす』の最初の地方結社である松風会の人たちと盛んに句会を開きます。学校から帰ってきた漱石もやがて句会に参加するようになりました。」（『松山中学・松山東高校同窓会別冊』20頁）とのことである【注45】。

「漱石の俳句は、実におびただしい数に及ぶものであるが、作家漱石としてのあまりに著名な文名にかくれて、俳人漱石のおもては、あまり知られていない。」（伊藤整編『正岡子規』２２０頁）そうであるが、漱石の俳句生活を決定的にしたのが、この松山での子規との同居が機縁であり、「漱石の俳句生活は、子規によって、育成され、子規から影響を受けた」（２２１頁）のである。

この二人の同居と子規のその後の偉業について、松山市立子規記念博物館長の竹田美喜『子規・漱石・秋山兄弟』は「二大文人が松山で同居すること五十日余りというのは文学史上でも特筆すべきことでしょう。子規は脊椎カリエスで病床に伏すこと六年余り、苦痛の中で俳句革新、短歌革新の偉業を達成し、三十五歳という短命で世を去りました。」（25頁）と述べている。

ところで、漱石のその後は、松山中学教諭を僅か1年で辞め、明治29（１８９６）年4月、第五高等学校（現熊本大学）講師に就任（＊月給百円）するのであるが、松山中学校を辞任するにあたって述べた「告別の辞」は次のとおり（の啖呵を切ったの）であった。

「いま私はこの松山を去って、熊本高等学校へ赴任することになった。これを栄転であると言って祝福される人もあるようだが、私はけっして栄転だとは考えていない。高等学校の教授であろうとも、中学校の教師であろうとも、私にとっては何ら選ぶところではない。で、しからばなぜ私はこの中学校を棄てて熊本へ去るか、あるいはなぜ松山を去るかと反問せられる人があるだろう。この反問に対して私は答える。それは生徒諸君の勉学上の態度が真摯《しんし》ならざる一事である。私はこの一言を告別の辞とすることをはなはだ遺憾に思っている。生徒諸君は必ずこのことについて思い当る時が来るであろうと信ずる……」（中村英利子編著『漱石と松山』80頁）

こうして、松山を去った漱石は、この年熊本で、すでに前年（東京で）見合いをし婚約していた貴族院書記官長の長女中根鏡子と、明治29年6月9日に結婚する。そして、9月には教授に昇任する。それから4年後の明治33（１９００）年9月、漱石は、五高教授のまま文部省派遣留学生に選ばれ、二カ年の英国留学を命ぜられてロンドンに赴くが、漱石はロンドン留学中も、子規の病気のことを気にかけていた様である。

この点について、坂本浩『声で読む夏目漱石』は「その年も明けて正月を迎えると、日本から次女が生まれたという報せがついた。恒子と名づけられた。一生涯にわたった、子供に対してはそれほど暖かい態度を見せなかった漱石、また子供たちも父に対しては親しめなかったという漱石、—その漱石にも人間らしい温情がなかったわけではない。東京にいる親友子規は、このころ病気がいよいよ重くなり、病床で苦しんでいた。漱石の心にかかるのは、この敬愛する友の病気であった。漱石は『倫敦消息』と題して明治三十五年（一九〇二）、『ホトトギス』の五・六号に原稿を送り、病床の子規をなぐさめている。」（９頁）

ロンドンにおける漱石は、彼独自の「文学論」を確立するために勉強（読書）に専念する。やがて、漱石の帰朝が近づき、書物の荷造りに苦労していたとき、正岡子規逝去（明治35年9月19日未明）の報が届く。しかし、「子規の訃報は、金之助にとってかならずしも意外な知らせではなかった。この年の晩春のころ、鏡子が上根岸鶯横町の子規庵に見舞いに行ったとき、すでに子規は『半紙のように』蒼白な顔色で、息づかいも荒く、『あれでよくまあ生きてゐられるものだ』と思われるような状態になっていたということを、金之助は妻からの手紙で知らされていた」（江藤淳『漱石とその時代（第二部）』２１３頁）からである。

とは言え、「親友の死が漱石に深い悲しみをもたらしたことは、『吾輩は猫である』の中篇の自序からも推察されるであろう。『余は子規に対してこの気の毒を晴らさないうちに、とうとう彼を殺してしまった』と書き、『猫』を地下の子規に献じて、『往日の気の毒を五年後の今日に晴らそうと思う』と書いている。」（坂本浩『前掲書』10―11頁）

ところで、漱石のデビュー作となる小説『吾輩は猫である』について、江藤淳『坊っちゃん』解説「漱石の文学」は「明治三十六年（一九〇三）一月下旬、『夏目狂せり』との風説乱れ飛ぶなかに帰朝、一高と東大で英語英文学を講じたが、留学中からの神経症に悩まされ、一時は妻子と別居するまでになった。友人高浜虚子のすすめで、いわば神経症の自己治療のために書いたのが、『ホトトギス』明治三十八年（一九〇五）

一月号に掲載された『吾輩は猫である』（一）である。」（140頁）（写真30）（図8）。また、黒須純一郎『日常生活の漱石』は「とにかく、高浜虚子（本名＝清《きよし》）が、その（一）を読んで、『これは面白いから載せろ』ということで一九〇五（明治三八）年一月の『ホトトギス』に掲載され、その後、翌八月まで計一一回連載されたのだ。いわば、漱石が、ロンドン留学の苦渋と帰国後の家庭生活の激変から来る鬱々《うつうつ》たるものも含めて、それまでの教師生活でたまりたまったストレスを一挙に解消しようとして書いた作品である。」（180頁）と述べている【注46】。

こうして、書かれた『吾輩は猫である』は、大変な好評を得て、漱石は「これ以後大いに文名があがり、明治四十年（一九〇七）四月、ついに一切の教職を辞して東京朝日新聞社に入社し、専属の小説記者になった。」（江藤淳『前掲

写真30　千駄木の書斎の夏目漱石（明治39年3月）

―明治38年1月から『ホトトギス』に掲載され始まった『吾輩は猫である』は、明治39年8月に完結した〈出所：現代日本文学アルバム『夏目漱石』（2005）150頁〉

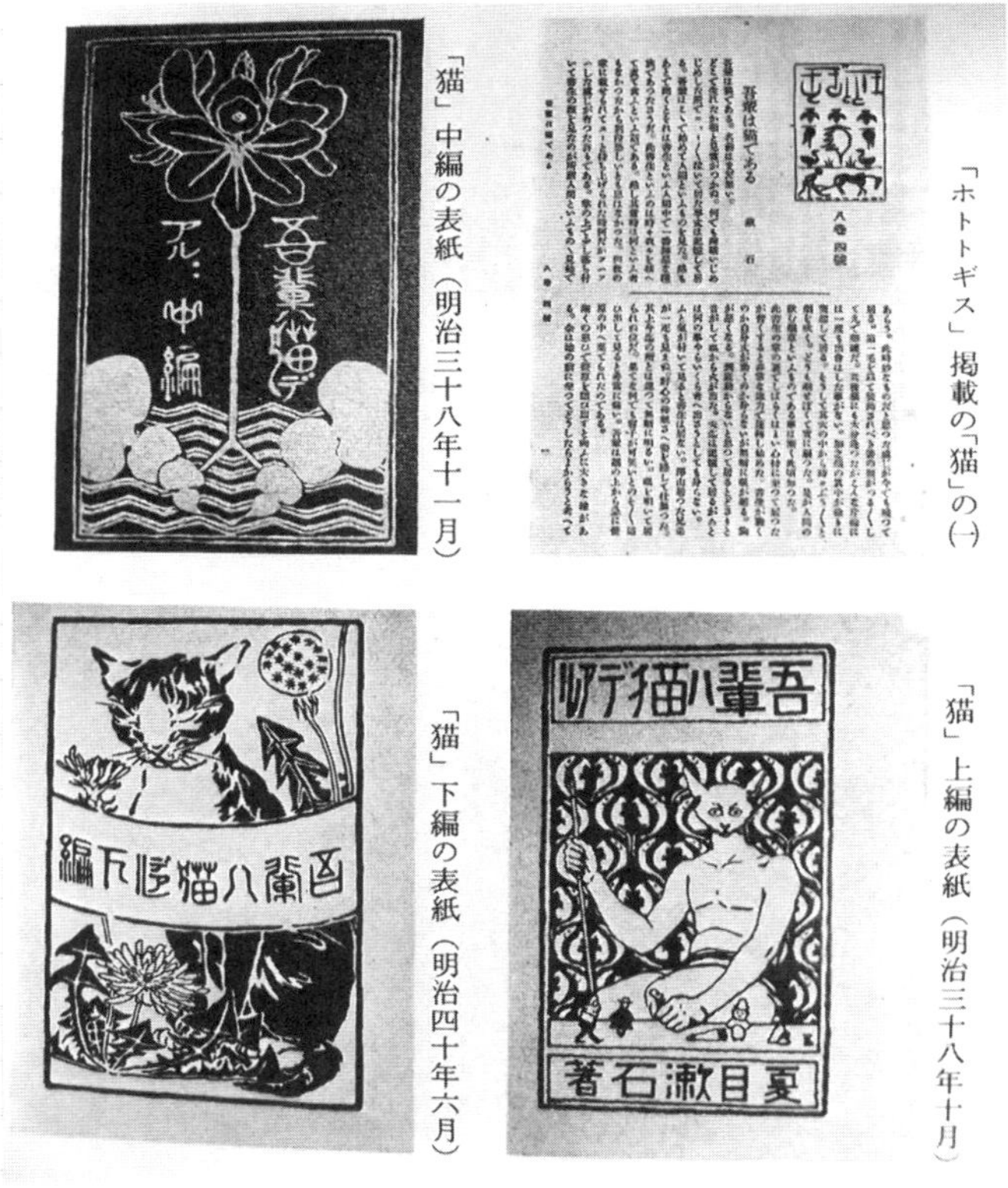

図８　「ホトトギス」掲載の夏目漱石『吾輩は猫である』（一）の文章（１頁）と表紙

〈出所：人と文学シリーズ『夏目漱石』学習研究社（1979）150頁〉

書』「解説」１４０頁）のである。

　この子規の死から小説を書くに至る漱石の心情について、『文豪ナビ夏目漱石』（新潮社編）には「留学期間中に正岡子規が病死したのは、痛恨のきわみだっただろう。でも、子規は漱石の心のなかにいつまでも死なずに生きていた。『こころ』（＊大正３（１９１４）年8月、朝日新聞社から出版された漱石の小説）のKが死んだ後でも『先生』の心の中にいきていたように、漱石は心の中で　死んだ子規と魂の会話をかわしつつ、子規に励まされ、小説家への道を進んでいったのではないか。漱石が初めて小説に筆を染《そ》めたのが子規の弟子・高浜虚子のすすめだったのは、決して偶然ではない。」（１３５頁）と書かれていることに、著者も大いに共感を覚えた。

以上、「漱石と子規の親交」について述べてきたが、二人の親交の素晴らしさに心を奪われてしまい、ついつい（予想以上に）多くの紙面を割いてしまった。ただ、そんな中にあって秘かに期待していたのであるが、残念ながら、二人の間にベースボールの記述が登場することはなかった。そこで、以下、書かれた物の中から「漱石とベースボール」について探ってみることにした。

2　漱石の小説に見るベースボール、野球の記述

（1）『吾輩は猫である』とベースボール

漱石は、子規が（明治20年前後）ベースボールに熱中していたことを知っていたであろうし、子規がベースボールに関する話をしたり、書いたものを読んだこともあったのではなかろうか。また、漱石は（子規たちと）ベースボールをやったことがあったのか、やらなかったとしてもベースボールに関する何か（書いたもの）を残していないかといったことに着目してみた。

そこから、まずは「漱石がベースボールをやった」という記述を、長山靖生『「吾輩は猫である」の謎』（文

芸春秋）の中に、次のとおり（の文章を）見つけることができた。

「中村是公らと共に下宿をしていた頃の漱石は、《我々はポテンシャル・エナジーを養うんだと云って、無暗に牛肉を食って瑞艇を漕いだ。（略）比較的広くなった座敷へ集まって腕押しをやった》（『満韓ところどころ』）という。このほか、若き日の漱石は、水泳もやれば馬にも乗る。テニスをやれば野球もやった。同級生の松本亦太郎の証言によれば、器械体操は群を抜いて上手かったという。よっぽど他の一高生は器械体操が苦手だったものとみえる。」（『前掲書』77頁）【著者傍線】

と述べるとともに、長山『前掲書』は、さらに次のとおり述べている。

「漱石は野球嫌いだったのかというとそうでもなくて、学生時代には自分も野球をやったことがあった。（略）また、後年も野間真綱宛書簡に《此間《このあいだ》早稲田と一高のベースボールを見に行って、谷山さんに会いました》（大正四年六月七日付）とあり、その後も野球観戦に行ったりしていたことが分かる。」（79頁）【著者傍線】

次に、城井睦夫『正岡子規ベースボールに賭けたその生涯』の中にも、「子規と漱石（漱石と野球）」について書かれた次のとおりの文章が見られた。

「漱石と子規とのつきあいは、俳句や漢詩など文学的なものを通してであることは周知のことであるが、子規は漱石に野球についてのはなしぐらいはしたのではなかろうかと思う。

子規は、明治二十一年『筆まか勢・第一編』に『Base Ball』と題する一文を書き、（『前掲書』２５６頁）

（略）

『ベース、ボール程愉快にみちたる戦争は他になかるべし』

と、ベースボールを戦争にたとえている。

漱石もまた『吾輩は猫である』の中で、猫の口を借りて、

『落雲館に群がる敵軍は近日になって一種のダムダム弾を発明して、十分の休暇、若《も》しくは放課後に至って熾《さかん》に北側の空地に向って砲火を浴びせかける。このダムダム弾は通称をボールと称《とな》えて、擂粉木《すりこぎ》の大きな奴を以て任意にこれを発射する仕掛である。』

と書き、また、

『縦隊を少し右へ離れて運動場の方面には砲隊が形勝の地を占めて陣地を布《し》いている。竜窟に面して一人の将官が擂粉木《すりこき》の大きな奴を持って控《ひか》える。これと相対して五六間の間隔をとって又一人づつ、擂粉木のあとに又一人、これは伏竜窟に顔をむけて突っ立っている。かくの如く一直線にならんで向かい合っているが砲手である。ある人の説によるとこれはベースボールの練習であって、決して戦闘準備ではないそうだ。』（２５７—２５８頁）

と書き、さらに

『吾輩はベースボールの何物たるを解せぬ文盲漢である。然し聞くところによればこれは外国から輸入された遊戯で、今日中学校程度以上の学校に行われるうちで尤《もっと》も流行するものだそうだ。（新潮社文庫版）』とつづっている。

漱石は、子規がベースボールを戦争にたとえて記述している『筆まか勢・第一編』の一節を見せられたことがありそれを思い出して子規にならい野球を戦争になぞらえたのではなかろうか。」（258頁）

と推察している。

そして、さらに城井睦夫『前掲書』は「『吾輩は猫である』は、明治三十七年十二月に書きおこされている。『一高校友会雑誌』によると、一高野球部は漱石の住居の隣りにある郁文館中学チーム【注47】とは、三十七年五月から翌年五月までに、実に六回の対戦をしている。そしていずれも、8対0、7対1、19対3、11対0、16対0、16対0で勝っている。したがって、漱石のもとをおとずれる一高の教え子たちの口からは、このことを語られ、話を聞いた漱石は、郁文館中学の野球のことを執筆中の小説中にとりあげたのではなかろうかと思った。」（261―262頁）と述べているのである。

ところで、漱石の『吾輩は猫である』（新潮文庫）の中には、先程、城井『前掲書』によって引用されていた文章の他に、ベースボールに関する次のとおりの文章（①・②・③）が見られる。

①「米国は突飛な事ばかり考え出す国柄であるから、砲隊と間違えても然るべき、近所迷惑の遊戯を日本人に教うべくだけそれだけ親切であったかも知れない。又米国人はこれを以《もっ》て真に一種の運動遊戯と心得ているのだろう。然し純粋の遊戯でも斯様に四隣を驚かすに足る能力を有している以上は使い様で砲撃の用では充分立つ。吾輩の目を以て観察したところでは、彼らはこの運動術を利用して砲火の功を収めんと企てつつあるとしか思われない。」（『前掲書』３２０頁）

②「これからダムダム弾を発射する方法を紹介する。直線に布《し》かれたる砲列の中の一人が、ダムダム弾を右の手に握って擂粉木の所有者に抛《ほう》りつける。ダムダム弾は何で製造したか局外者には分からない。堅い丸い石の団子の様なものを御鄭寧《ごていねい》に皮でくるんで縫い合わせたものである。前《ぜん》申通りこの弾丸が砲手の一人の手を離れて、風を切って飛んでいくと、向うに立った一人が例の擂粉木をやっと振り上げて、これを敲き返す。たまには敲き損なった弾丸が流れてしまう事もあるが、大概はポカンと大きな音を立てて弾ね返る。その勢は非常に強烈なものである。」（３２０―３２１頁）【著者傍線】

③「ダムダム弾は近年諸所で製造するが随分高価なものであるから、いかに戦争でもそう充分な供給を仰ぐ訳に行かん。大抵一隊の砲手に一つ若《も》しくは二つの割合である。ポンと鳴る度《たび》にこの貴重な弾丸を消費する訳には行かん。そこで彼等はたま拾《ひろ》いと称する一部隊を設けて落弾を拾ってくる。」（３２１頁）

右引用文①からは、アメリカから伝来してきたベースボールという遊戯は（ボールが邸内に度々飛んでくることからして）、迷惑千番であり大変腹立たしく思っている様子がうかがえるが、「吾輩の偵察によれば、これすべて金田の差し金で、金に頭をさげん男に実業家の腕を見せてやろうと、学校の生徒にやらせたのである。」（『文豪ナビ夏目漱石』44頁）というのが、この「落雲館事件」の真相である。

次に、引用文②では、ベースボールを「戦争」に例えて記述しており、「ダムダム弾」【注48】は、ベースボールの「ボール（球）」であり、「ダムダム弾を右の手に握って（投げる）」は「右ピッチャー（投手）」【注49】であり、「擂粉木の所有者」とは「バッター（打者）」である。また、当時のボールの製造法について触れている（引用文中傍線）が、漱石はどこで知り得たのであろうか。飛んできたボールからそれを調べたのであろうか、それとも何からその知識を得ていたのであろうか、興味深いところである。

さらに、引用文③では、漱石が、ボールは高価なものであるので、多くは買えない。よって、チームには「球（ボール）拾い」をする部員がいることを知っていたというのも興味深いところである。

ちなみに、当時のボールの価格であるが、明治30（1897）年に出版された中馬庚著『野球』の中に、「美満津《みまつ》商店」の野球用具価格表が載っている（2頁）。それによると、（当時の）ボールの価格は「最上一個一圓五十錢、一等壹圓、（略）七等二十五錢、下等二十錢」（図9）となっている。

君島一郎『日本野球創世記』は「明治三十一年東京では蕎麦のもりかけは一銭五厘であったと記録に見える」（70頁）と言っていることからすると、ボールの価格は大変高価であった【注50】。

また、図9に示されているとおり、当時の（ボールに限らず他の）ベースボール製品も、大変高価であったことが分かるであろう。

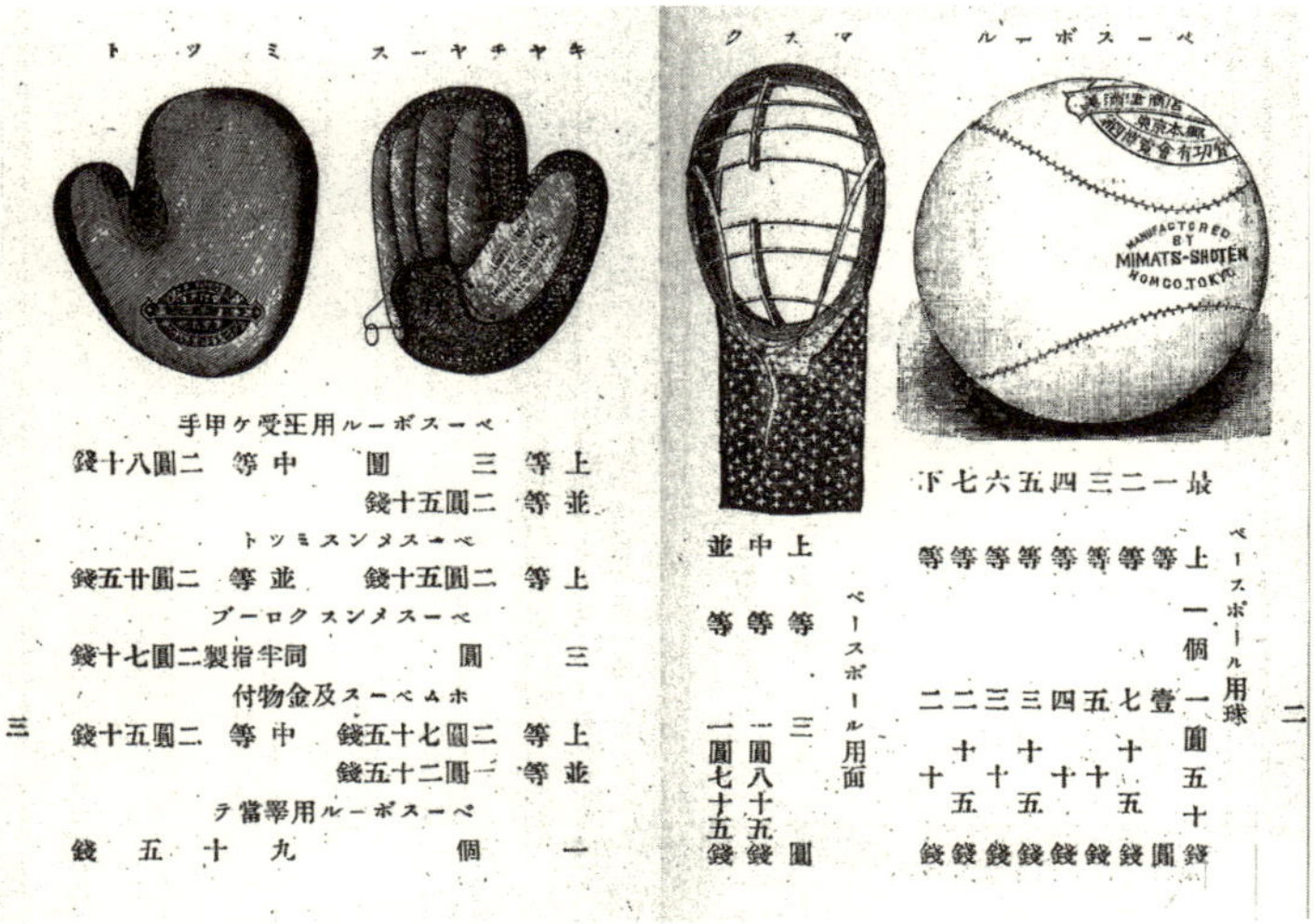

図９　明治30年頃の「美満津商店」のベースボール製品価格一覧

〈出所：中馬庚『野球』前川文榮堂出版（1897）２－３頁〉＊復刻版（ベースボール・マガジン社）

いずれにしても、漱石はベースボール（という遊戯）を、また当時のベースボールの状況をかなりよく把握していたと言うことができよう。

ところで、この『吾輩は猫である』は、明治38（１９０５）年1月、「ホトトギス」に発表したところ、好評を得て連載され、翌年8月に（第11編で）完結したものである。ということは、中馬庚がベースボールを「野球《やきゅう》」と翻訳して10年が経過しており、「野球」という言い方も広まっていたと思われるのに、漱石は「ベースボール」で通している。これは、（英語に堪能な）漱石が外来の遊戯であることに拘ったからであろうか、それとも、正岡子規（が野球を使わず、ベースボール〈ベース、ボール〉しか使わなかったこと）の影響なのであろうかとも考えられるが、この事実は分からない。

（２）『坑夫』では「野球」を使用

漱石が、明治41（１９０８）年1月1日から4月6日まで、『朝日新聞』に91回にわたって連載した小説『抗夫』の中には「野球（やきゅう）」が使われている。（『日本国語大辞典・第二三巻（第二版）』52頁）

そこで、小説『抗夫』のその一文であるが、家出した主人公（19歳の青年）と、彼を「抗夫」にしようとするポン引きの〝どてら〟男との会話の中で、次のとおり書かれている。

「『おまえさん、全体今まで働いた事があんなさるのかね』
と少し真面目な調子で聞いた。働くにも働かないにも、昨日《きのう》自宅《うち》を逃げ出したばかりである。
自分の経験で働いた試しは撃剣《げきけん》の稽古《けいこ》と野球の練習くらいなもので、稼いで食った事はまだ一日もない。」
（『夏目漱石全集４（ちくま文庫）』「抗夫」４４７頁）【著者傍線】

流石の漱石も、明治41（１９０８）年には「ベースボール」ではなく、「野球」を使用しているということは、この頃では、世の中、すっかり「野球（やきゅう）」という言い方が定着していたということであろう。

3　漱石の五高教授時代は「野球党」

すでに触れたが、漱石は明治29（１８９６）年4月、第五高等学校（現熊本大学）講師に就任し、その年の7月には教授に昇任する。その当時の五高（の野球部）について、横井春野『日本野球戦史』は（講道館を創設し柔道を普及させたり、日本をオリンピックに初参加させた）あの嘉納治五郎【注51】も登場する、次のとおりの興味深い話をしている。

「當時熊本五中(五高)の校長は嘉納治五郎《かのうじごろう》氏であった。氏は龍南會《りゅうなんかい》を組織し、學生に運動精神を鼓吹《こすい》した。（二十三年に創立）明治二十四年から龍南會《りゅうなんかい》内へ野球部をおくことゝなり、紅白試合の時には、嘉納校長自ら袴《はかま》のもゝ立ちとつて投手をつとめたことさえあった。『三高軍同志社に敗らる』【注52】と云う報が傳はるや、五高健兒は三高のカタキを討つべく京都遠征を企てたが、之は學校当局のゆるす所とならなかつた。當時五高の教授であった夏目漱石も、野球黨の一員であった。」（『前掲書』29—30頁）【筆者傍線】

この横井春野『前掲書』の記述の中で「漱石は野球黨（＊党）の一員であった」ということが、残念ながらどんな意味なのかがはっきりしない。この点、国民新聞社運動部編『日本野球史』には「文豪夏目漱石が五中（第五高等中学校）の教授になったのは、（略）明治二九年のことである。而して氏は五中時代に於いて体得したものは、このベースボールであった。氏はそのグループに投ずるようなことはなかったが、その繊細な観察は後年ホトトギスに連載した有名な『我輩は猫である』の中に書いている。」（１０６頁）と述べられていることからすれば、漱石は（野球に興味は持っていたものの）チームに加わってプレーすることはなかったということであろう。【著者傍線】

4　漱石の野球観戦

城井睦夫『正岡子規ベースボールに賭けたその生涯』は「『漱石全集』（岩波書店）第十三巻『日記及断片』の中で、漱石がなくなる前の年（＊大正四〈一九一五〉年）に、早稲田の戸塚グラウンドに行って、野球試合をみたことが記されている。漱石を野球試合にさそったのは、門弟の一高教授森巻吉（明治九年東京生まれ。同三十七年東大英文科卒、一高講師、同教授、松本高校々長、一高校長を歴任、昭和十二年退官。同十七年七月胃がんのためになくなった）で、漱石が観戦したのは大正四年五月十六日に行われた一高対早大の野球試合であった。」（249—250頁）と述べている。

この試合は3万人の大観衆を集めて行われたそうで、「空前の大応援は、試合開始の午後一時半から、試合の終わった午後四時四十五分まで、殆んど間断なく繰返された。」（250頁）そうである。

さらに、城井『前掲書』によると、「この試合の様子を漱石が書いており、漱石の文は、（略）十対五で一高が負けた時白軍は急に大風のあとのように静まった。千人の人が一人も口を聞かなかった。黙々として密集した隊伍が細い道をつづいた。自分の前には太鼓をかついだ男が二人歩いて行った。力がぬけて元気がなさそうに見えた。森が『撰（＊選）手が泣いている』と云った。私はどこだろうと思って見たが多人数に遮られて見えなかった。」（251—252頁）ということである。

先に紹介した『吾輩は猫である』の「落雲館事件」からは、漱石はベースボール（野球）をあまり好まなかった様に思われたが、しかし、この一高対早稲田戦を観戦した事実とその時の感想まで書いているところをみると、漱石はけっこうベースボール（野球）に興味を持っていたと考えられる。

第8章　真之とベースボール（野球）

1　子規と真之

正岡子規（幼名常規）は慶応３（１８６７）年９月17日、秋山真之（幼名淳五郎）は慶応４（１８６８）年３月20日、同じ松山市に生まれている。そして、真之は子規と同じ勝山学校、松山中学に進む。

「松山では子供の時からの遊び仲間だった子規と真之は、明治十六（１８８３）年にあいついで上京し、勉学と共に文芸への道を志します。けれども真之はすでに陸軍の若手将校になっていた兄・好古の影響もあり、迷った末に官費支給の海軍兵学校への道を選びました。」（『松山中学・松山東高校同窓会誌別冊』６頁）

そして、真之（写真31）は「兵学校では卒業までの三年間、首席をとおします。欧米に留学後、真之は日本海軍の連合艦隊参謀に抜擢されます。明治三十八年五月、日本海戦でロシアのバルチック艦隊を撃滅しましたが、そのとき真之が書いた電文『本日天気晴朗なれども波高し』は、今日にもしばしば引用されるほどの明文」（『前掲書』11頁）であると言われている。

その真之には、少年時代のこんな二つのエピソードがある。その一つは「7・8歳のころ、雪の朝、真之はトイレにゆくのが面倒なあまり北窓をあけてそこから放尿した。」そして、「雪の日に北の窓あけシシすれば　あまりの寒さにちんこちぢまる」という短歌をつくり、父を感心させたというものである。もう一つは『御法度である花火を子供たちと作って』警察に追われた」というものである。（坂の上の雲ミュージアム編『子規と真之』24―25頁）

写真31　（海軍中将）秋山真之（1868 − 1918）
〈出所：常盤同郷会編「秋山兄弟生誕地パンフレット」〉

「明治十八年（一八八五）（略）帰京した子規は、好古（＊真之の兄）と同居していた真之の下宿で、二、三日起居した。九月になると、真之は子規の下宿近くに独りで住むようになった。」（土井中照『子規の生涯』54頁）また、真之と子規らは「明治二十一年（一八八八）鎌倉無銭旅行（略）を行なったが、疲労困憊《ひろうこんぱい》して途中で切り上げ、汽車で東京へと引き返した」（54頁）り、寄席にも度々通ったりと、上京後も二人は仲良く過したが、真之は「約三ヶ月を子規と同居したが、海軍兵学校へ進むことを決め、子規の下宿を後にする。兄の好古に学費を頼っていた真之は、自立の道を選択した。」（『前掲書』58頁）のである。結局、「二人は互いの立場は変っても、文学と軍隊という目標に向かって勝利を賭けた戦友だった。子規は『筆まかせ』「交際」で、真之を『剛友』としている。」（58頁）

2　真之のベースボール術

先の1で触れたとおり、上京後の真之は、子規と同じ共立《きょうりゅう》学校（現開成高校）に学ぶ。そして、子規は明治17（1884）年、真之は明治18（1885）年に東京大学予備門に入学する。予備門入学は子規が1年早かったが、子規は落第してしまったので、二人は同級生となる。このときに、二人は盛んにベースボールに興じた様である。

和田茂樹『子規の素顔』は「明治十九年一月三十日、子規ら七名で『七変人評論』を作成。『七変人遊戯競中、（略）西方大関に秋山眞之、東方関脇に正岡常規、（略）」（373頁）とされているとおり、真之のベースボール技術は、子規よりもやや上であり、（仲間内では）大変優れていたということである。

片上雅仁『秋山真之の謎を解く』は、真之のベースボールに関して、「大学予備門時代には、英語で書かれた規則書・解説書を翻訳しつつ、真之をはじめとする友人たちとさかんに野球（＊ベースボール。本引用文中、以下同じ）をやった。（略）この延長で海軍兵学校に野球を持ち込んだのは真之である。英語で書かれた小さな野球解説書を持っていて、同級生たちに、『アメリカで始まった競技だ。おれが解説してやるから、まあゆうとおりにやってみろ』。当時は野球用具などろくにないので、たいてい素手でやる。真之の左手小指は後年にいたるまでずっと硬直したままであったが、このとき突き指したのが原因だといわれている。」（36―37頁）【注53】と述べている。

３　真之の「フンドシ論」と慶応野球部

明治40（１９０７）年「慶大が初めて外国チーム（ハワイ・セントルイス）【注54】を招待し、初の有料試合を行う。」（野球体育博物館編「Baseball History」）この外国チームは、セミプロ球団であった。片上雅仁『前掲書』によると、「セント・ルイス球団は、慶応と五回、早稲田と三回、試合を行った。慶応は招待の費用を捻出するために観客から入場料をとった。我が国で初めて有料で観覧された野球試合である。慶応が三連敗した直後、十一月十三日付けで、秋山真之は慶応大学野球部にフンドシの効用を説いた手紙を送った。」（33頁）【著者傍線】そうである。

片上『前掲書』は、真之が書いた手紙の内容を次のとおり紹介している。

「武士が戦場に臨むにも、相撲取りが土俵に上がるにも、あるいは碁打ちが碁盤に向かうにも、これがなくてはならないとされたのがフンドシであります。ここでいうフンドシとは、越中フンドシのことではなく、六尺フンドシのことです。これを正しく締めれば、つぎのような効用があります。

一心気を丹田に落ち着け、逆上を防ぎ、智力気力の発作を自在にする。

腹部に体力を保持し、従って、腕力の発作を自在にする。

気息を容易にし、従って、息切れを防ぐ。

身体の中心と重心とを一致させ、従って、体を軽くし、歩速を増加する。

これらの効用が顕著であることは、小生みずから実験してきたところであって、日露戦争中、黄海・日本海の海戦のときも、かならずフンドシを締めて艦橋に上り、心気の動揺を抑えることができたのを覚えております。また、むかし、東海道を早打ち（飛脚のこと）が二重三重にフンドシを締め白木綿で腹を巻き締めてこの長途を三日間で往復したという実例に照らしても、その効能は明白です。

貴校選手に今さらこのようなことをくだくだ申し上げることではないかもしれませんが、昨日、老婆心ながら試合を見せていただいたところでは、やはり、まだ腹に締まりが足りないように思われます。」


この後、長いフンドシの締め方を丁寧に解説し、ヘソ下二寸のあたりをしっかり締めることが特に大切であると強調する。そして、さらに

「小生は、目下、海軍に奉職しておりますが、大学予備門時代にはずいぶんと野球にふけったもので、今回の対外試合も少なからず関心をもって拝観してきました。今後の二試合は、帝国腕力の名誉にもかかわるもので、貴校の勝利に終わることを切に希望しております。老婆心の発するところを書き流したもの、嘲笑味下されば本懐の至りであります。」（34—35頁）

以上が、真之が慶応野球部に送った手紙（の内容）であるが、片上（『前掲書』）は、この真之の手紙について「かくて、真之のフンドシ論は、充分に理論的基盤を具えた本格的なものであった。このフンドシ論が効いたのかどうか、慶応は残り二試合とも勝利して通算二勝三敗、早稲田のほうはフンドシ論がなかったからかどうか、三戦三敗であった。」（35頁）【著者傍線】と述べている。

以上、少々長い引用文となったが、真之のフンドシ効果経験による助言が、見事に慶応野球部に勝利をもたらしたというエピソードである。果たして、結果はこのとおり上手くいったのであろうか。

そこで、著者は、明治40（１９０７）年のこの対抗試合について、『慶應義塾野球部百年史（上巻）』（30―32頁）に当たってみたところ、残念ながら、片上『前掲書』が述べている様な筋書き（結果）にはなっていなかった。

表10―1は『前掲百年史（上巻）』をもとに、対ハワイ（セントルイス）との対抗（５回）戦の結果をまとめたものである。これから分かるように、慶応は第1戦で勝った後、第2・3・4戦で負け（3連敗）、そして最終第5戦で勝って通算2勝3敗であった。これが事実である。

しかしながら、片上『前掲書』は「慶応が三連敗した直後、十一月十三日付けで、秋山真之は（略）手紙を送った。」（２０５頁の引用文の傍線部）と述べているし、また「（略）残り二試合とも勝利して通算二勝三敗」（２０７頁の引用文中の傍線部）であったと述べている。

つまり、片上の右二つの文章からすると、慶応は第1・2戦で負け、11月12日の第3戦も負けて3連敗したことになる。勿論、初戦から3連敗したというのは、事実（は1勝2敗）と異なる。

表10—1　ハワイ・セントルイス対慶応義塾（五回戦）の試合結果（於綱町運動場）

試合	期日	結果	備考
第１回戦	明治40年10月31日	慶應　５－３　ハワイ	慶應先攻、延長13回
第２回戦	11月９日	ハワイ　４—２　慶應	慶應先攻
第３回戦	11月12日	ハワイ　４—０　慶應	慶應先攻
第４回戦	11月14日	ハワイ　10—１　慶應	慶應先攻
第５回戦	11月18日	慶應　５－４　ハワイ	慶應先攻

〈『慶應義塾大学野球部史（上巻）』（1960）30-32頁より著者作成〉

表10—2　ハワイ・セントルイス対早稲田（三回戦）の試合結果（於慶應運動場、綱町運動場）

第１回戦	明治40年11月７日	ハワイ　２－０　早稲田	早稲田先攻
第２回戦	11月10日	ハワイ　４－０　早稲田	早稲田先攻
第３回戦	11月16日	ハワイ　９－２　早稲田	早稲田先攻

〈『早稲田大学野球部百年史（上巻）』（1950）103-105頁より著者作成〉

結局、この「真之の手紙（フンドシ論）と慶応野球部とのやり取り」における事の顛末は、正しくは「慶応は初戦でハワイに勝ったが、第2・3戦で負けて二連敗。連敗した直後の十一月十三日、秋山真之は慶応野球部にフンドシの効用を説いた手紙を送った。このフンドシ論が効いたのかどうか、慶応は第4戦に負けたものの、最終第5戦は勝って通算二勝三敗とした。」となるであろう。

しかし、この事実に基づいた記述では、真之の「フンドシ論」効果がぼやけてしまい、エピソードとして面白くない。そこで、真之の「フンドシ論」が見事に慶応野球部の勝利に結実したことを強調し、より興味深い（面白い）エピソードに仕立て上げるために、「このフンドシ論が効いたのかどうか、慶応は（＊三連敗後）残り二試合とも勝利して通算二勝三敗とした。」（２０７頁の引用文中の傍線部）という（事実ではない）インパクトのある表現に、片上か誰かが書き替えたものと考えられる。

ところで、先の引用文（２０７頁の３—４行目）で述べられていたとおり、慶応と同時期、早稲田もハワイ（セントルイス）と3回戦を行っている。表10―2は『早稲田大学野球部百年史（上巻）』をもとに、対ハワイとの対抗（3回）戦の結果をまとめたものである。これによると、早稲田は3戦とも負けている。この点、片上『前掲書』は「早稲田のほうはフンドシ論がなかったからかどうか、三戦三敗であった。」（35頁）と述べているとおり、こちらの方の結果は事実どおりであった。

■注釈（第3部、第7・8章）

【注42】「漱石が帝国大学を出る頃から、外国人教師を日本人教師に代えようとする傾向が出始め、愛媛県尋常中学校（旧松山中学校）でも、前年度に退職したアメリカ人教師の後任が外国人で得られなければ、外国人教師の給与枠で優秀な日本人教師を採用することにしたのである。このことを聞いた漱石が、外国人教師並みの待遇なら行ってもよいということになり、校長よりも二十円も高い月給八十円で赴任することになった。漱石の高等師範での年俸は四百五十円。月給にすれば三十七円五十銭であった。」（日下徳一『子規もうひとつの顔』119頁）

【注43】「漱石が松山に来た理由、というより東京を離れた理由には、女性の影も見え隠れした。漱石には、密かに思いを寄せていた美貌の女性・大塚楠緒子《なおこ》が、友人の小屋保治と結婚してしまったという失恋の経験がある。」（中村英利子編著『漱石と松山』25頁）

【注44】日下徳一『子規もうひとつの顔』は「実際は、子規を呼び寄せるために漱石は、細かい気配りと周到な準備をしている。たとえば、漱石は早くも五月二十六日に神戸の病院の子規の許へ《御保養の途次一寸《ちょっと》御帰国は出来悪《にく》く候や。小子近頃俳門に入らんと存候。御閑暇の節は御高示を仰ぎたく候》と書簡を送って子規の気持ちを打診しているほどだ。」（122頁）と述べている。

【注45】（この句会に出ていた）漱石によると、子規は勝手に頼んで食べた蒲焼やその他のご馳走の借金を、「東京へ帰る時分に君払って呉れ玉えといって澄まして帰って行った。僕もこれには驚いた。其上まだ金を貸せという。なんでも十円かそこら持って行ったと覚えている。それから帰りに奈良へよって其処《そこ》から手紙をよこして、恩借の金子《きんす》は当地に於《おい》て正に遣《つか》い果《はた》し候とか何とか書いていた。そして、一晩で遣ってしまったのであろう。」（『夏目漱石全集10』３０１—３０２頁）また、山田義文『漱石の謎』は「この奈良に遊んだとき、子規はあの有名な〝柿食えば鐘が鳴るなり法隆寺〟という句を得るのだ。」（44—45頁）と述べている。

【注46】瀬沼茂樹『夏目漱石（思想家）』は「ついに高浜虚子の度重なるすすめに応じて、一九〇四年（明治三十七年）一二月、根岸の子規旧庵でひらかれる文章会（「山会」）に、『吾輩は猫である』（第一）の一文を托し、虚子によって朗読披露された。この一篇は『ホトトギス』誌上に発表された（明治三八・一）。」その他の2編もほぼ同時に出され、「思いもかけぬ歓迎を受けた。その好評にはげまされて、『吾輩は猫である』の続編が書きつがれ、漱石の作家的出発の端緒がきりひらかれた。」（93頁）と述べている。

【注47】長山靖生『「吾輩は猫である」の謎』は「落雲館中学のモデルとなった郁文館という学校については、（略）明治三十年代の郁文館野球部は黄金時代を迎えていた。東京市内の中学野球部のなかで、郁文館は優れた成績を収めていたばかりでなく、一高、早稲田、慶応などに、幾多の優秀な選手を送り出した。」（78頁）と述べている。

【注48】「ダムダム弾は銃弾の一種。人体に命中すると内部で破裂して傷を大きくする。そのため一八九九年のハーグ平和会議で使用を禁止された。」（『吾輩は猫である』新潮文庫〈注解〉５８０頁）とある。また、「ダムダム弾は、インドのダムダム市で製造されたのでこの名がある。」（山本健吉編『夏目漱石吾輩は猫である』70頁）

【注49】「ダムダム弾（ボール）を右の手に握って（投げる）」と書かれている様に、当時は右投げが当たり前であったと考えられる。よって、子規が「左打ち、左投げ」であったとは考えにくい。

【注50】現在の野球のボール（硬式）価格は、社会人・大学試合球が１１５５円、高校試合球が１０１８円であり、練習球は試合球のおよそ半額の価格となっている。（「ミズノ・スポーツカタログ２０１２」）

【注51】「嘉納治五郎（一八六〇―一九三八）教育者・柔道家。兵庫県生まれ。東大卒。一八八二（明治十五）年、講堂館を創設、柔術を改良して柔道の普及に努めた。東京高等師範学校（後の東京教育大学、現筑波大学）校長。大日本体育協会を一九一一年七月に創設（初代会長）。」（『スーパー大辞林』）であり、日本最初のIOC委員であり、日本をストックホルム・オリンピック（1912）に初参加させた人物でもある。

【注52】「同志社対三高（第三高等中学校、現京都大学）」は、三高が同志社に挑戦を申し込んだ。そして、明治二五（一八九二）年一一月一九日に第一回戦を行い、二四対二二で同志社が勝っている。また、明治二六（一八九三）年二月二五日には、第二回戦を行い二〇対一四で、やはり同志社が勝っている。明治二七（一八九四）年、同志社は「中心選手がぞくぞくメンバーから姿を消し、後へ続く選手も育っていなかった。三高からは再三試合を申し込んできたが、同志社は断った。」（『同志社大学野球部部史―前編』16頁）

その後、しばらくは両校の試合はなかった。よって、ここで言う『三高軍同志社に敗れる』とは、この（第1・2回戦）二試合を指すことになる。ちなみに、漱石が五高教授となったのは、明治29（1896）年9月である。なお、この第1・2戦については「野球試合記録」が『同志社大学野球部部史―前編』（12頁）に載っている（表9参照）。

【注53】素手でボールを捕球する際の「突き指」については、子規からベースボールを教わった河東碧梧桐もそうであったらしく、碧梧桐『子規を語る』は「私も時には松山仕込みの下手糞を恥ながら、（略）無理な球のとり方をして指を捻《くじ》いたことも二、三度あった。今でも右の薬指の第一関節が曲らないで、毒虫のような格好をしている。」（45頁）と述べている。

【注54】「このハワイ野球チームは、（略）その強さは横浜アマチュア倶楽部とは比較にならぬほどで、（略）未だ揺籃期を脱していない我が野球界に大きな刺激を与え、その完璧な守備の前に、日本チームはほとんど全敗の憂目を見なければならなかった。（略）特筆すべきことは、このセントルイスを招待した慶應が、その費用を得るために入場料を徴収し、その入場券を前売りしたことであって、（略）明治四〇年十月三一日は、外人チーム来襲の第一日であると同時に、わが国で野球に入場料を徴収した最初の日である。その入場料は、六十銭、三十銭、十銭で当時の貨幣価値からいって決して安いものではなかった。」（『慶應義塾野球部百年史（上巻）』30頁）

■引用・参考文献

朝日新聞社編『野球年鑑（大正五年）』（1930）

粟津則雄『正岡子規』朝日新聞社（1982）

粟津則雄『漱石・子規往復書簡集』「解説」岩波書店（2014）

Baker, William J. (1982) Sports in the Western World. Rowman and Littefield.

中馬庚『野球』前川文栄堂（1897）（復刻版、ベースボール・マガジン社）

第一高等學校校友會編『校友會雑誌（號外）』「野球部史附規則」（1895）

土井中照『子規の生涯　そこが知りたい』アトラス出版（2006）

土井中照『のぼさんとマツヤマ』アトラス出版（2011）

ドナルド・キーン、角川幸男訳『正岡子規』新潮社（2012）

『同志社大学野球部部史　前編』（1993）

愛媛新聞社編『「坂の上の雲」松山を歩く』（2010）

江藤淳「青年正岡子規」筑摩書房『月報65』1―2頁（1968）

江藤淳『夏目漱石』講談社（1968）

江藤淳『漱石とその時代（第一部）』新潮社（1970）

江藤淳『漱石とその時代（第二部）』新潮社（1970）

江藤淳「夏目漱石『坊ちゃん』（解説）」新潮文庫、139―156頁（1976）

広瀬謙三『日本野球史　写真記録』日本図書センターP&S（2009）

福田清人編、前田登美『人と作品2正岡子規』清水書院（1975）

福田清人編、前田登美『人と作品13高浜虚子』清水書院（１９７９）
福田清人編、網野義紘『人と作品３夏目漱石』清水書院（１９９１）
『学習院野球部史誌』（１９９５）
長谷川櫂『子規の宇宙』角川書店（２０１０）
Heuvel,Cor Van Den and Nanae Tamura (2007) Baseball Haiku-American and Japanese Haiku and Senryu on Baseball . W.W.Norton & Co Inc.
細谷喨々「子規と病気」『正岡子規の世界』１９０—１９１頁、角川学芸出版（２０１０）
平出隆『ベースボールの詩学』講談社（２０１１）
池井優・アメリカ野球愛好会『熱闘！大リーグ観戦事典』宝島社（２００１）
石川哲也『歴史ポケットスポーツ新聞　野球』大空出版（２００７）
石垣尚男『スポーツと眼』大修館書店（１９９２）
伊集院静『ノボさん　小説 正岡子規と夏目漱石』講談社（２０１４）
伊東一雄・馬立勝『野球は言葉のスポーツ』中央公論社（１９９１）
伊藤整編『夏目漱石』角川書店（１９６９）
カルロス・Ｊ・ガルシア、鈴木美嶺訳『世界アマチュア野球史』ベースボール・マガジン社（２００９）
片上雅仁『秋山真之の謎を解く』アトラス出版（２０１０）
川島幸希『英語教師 夏目漱石』新潮社（２０００）
神田順治『野球の魅力』日本経済新聞社（１９６５）
神田順治『子規とベースボール』ベースボール・マガジン社（１９９２）
河出書房新社編『正岡子規　俳句・短歌革新の日本近代』（２０１１）
河出書房出版社編『正岡子規』「小石川まで」１１３—１１５頁（２０１０）

河出書房新社編『正岡子規』（2011）
河東碧梧桐『子規を語る』岩波書店（2002）
川本信正『スポーツ賛歌』岩波書店（1981）
『慶應義塾野球部百年史（上巻）』（1960）
城井睦夫『正岡子規ベースボールに賭けたその生涯』紅書房（1997）
君島一郎『日本野球創世記』ベースボール・マガジン社（1972）
国民新聞社運動部編『日本野球史』厚生閣書店（1929）
小関順二『野球を歩く　日本野球の歴史探訪』草思社（2013）
久保田正文『正岡子規』吉川弘文館（1986）
黒沢勉『病者の文学正岡子規』信山社（2003）
黒須純一郎『日常生活の漱石』中央大学出版（2008）
日下徳一『子規もうひとつの顔』朝日新聞社（2007）
楠木しげお『正岡子規ものがたり』銀の鈴社（1997）
正木正之、ロバート・ホワイティング『ベースボールと野球道』講談社（1991）
正岡子規『子規全集（第11巻）』改造社（1930）
『正岡子規・高浜虚子・長塚節集』（現代文学大系7）筑摩書房（1968）
正岡子規『水戸紀行』筑波書林（1981）
正岡子規『仰臥漫録』岩波書店（1983）
正岡子規『松蘿玉液』岩波書店（1984）
正岡子規『墨汁一滴』岩波書店（1984）
正岡子規『病牀六尺』岩波書店（1984）

正岡子規・粟津則雄編『筆まかせ沙』岩波書店（1985）
『正岡子規　新潮日本文学アルバム』新潮社（2005）
松井利彦『士魂の文学　正岡子規』新典社（1991）
松山中学・松山東高校同窓会誌別冊『子規・漱石・秋山兄弟ものがたり』（年不詳）
松山東高校野球史編集会編『子規が伝えて120年』（2009）
松山観光コンベンション協会編『漫画正岡子規物語』（2005）
松山市教育委員会編『伝記正岡子規』松山市立子規記念博物館友の会（2004）
松山市立子規記念博物館愛媛文学研究室編著『子規さん』子規記念博物館（1996）
松山市立子規記念博物館編（パンフレット）「子規の青春」（2005）
松山市立子規記念博物館編『子規博館蔵名品集』（2011）
「ミズノ・スポーツカタログ」（2012）
守能信次『スポーツルールの論理』大修館書店（2007）
永田圭介『エッセイストとしての子規』編集工房ノア（2011）
長山靖生『「吾輩は猫である」の謎』文藝春秋（1998）
中村英利子編著『漱石と松山』アトラス出版（2005）
夏井いつき「子規二十四句・選」『正岡子規』23頁、河出書房新社（2010）
『夏目漱石全集10』筑摩書房（1976）
『夏目漱石（人と文学シリーズ）』学習研究社（1979）
『夏目漱石全集第4巻』「坑夫」ちくま文庫（1988）
夏目漱石『坊っちゃん（年譜）』新潮文庫（1999）
夏目漱石『吾輩は猫である』新潮文庫（2011）

夏目漱石「正岡子規」河出書房新社編『正岡子規』6—9頁（2001）
「の・ボールミュージアム（野球歴史資料館）」パンフレット（2013）
『日本国語大辞典（第二版）』第13巻、小学館（1998）
野見山俊雄・御影池辰雄編『向稜誌　第二巻』「野球部部史」653—675頁（1937）
大谷泰照「明治のベースボール」『92年版ベスト・エッセイ集』文藝春秋、311—317頁（1992）
岡野進『新版　概説スポーツ』創文企画（2010）
岡野進「正岡子規とベースボール（野球）」『明海』第18号、2—10頁（2011）
岡野進「正岡子規とベースボール（野球）その2」『明海』第19号、41—58頁（2012）
岡野進「正岡子規とベースボール（野球）その3」『明海』第20号、39—63頁（2013）
岡野進「正岡子規とベースボール（野球）その4」『明海』第21号、52—84頁（2014）
小山田義文『漱石の謎』平河出版社（1988）
『立教大学野球部史』（2009）
坂本浩『声で読む夏目漱石』学燈社（2007）
坂の上の雲ミュージアム編『子規と真之』（2007）
坂の上の雲ミュージアム・パンフレット（2012）
佐竹弘靖『スポーツの源流』文化書房博文社（2009）
佐藤隆信『新潮日本文化アルバム正岡子規』新潮社（2009）
佐山和夫『古式野球』彩流社（2009）
佐山和夫『野球とニューヨーク』中央公論社（2011）
柴田宵曲『評伝正岡子規』岩波書店（1986）
司馬遼太郎『坂の上の雲（一）』文芸春秋（2009）

島田明『明治維新と日米野球史』文芸社（2011）
島田修三「私の子規愛踊歌二十四」『正岡子規』85頁、河出書房新社（2010）
新潮文庫編『文豪ナビ夏目漱石』（2012）
末延芳晴『正岡子規、従軍す』平凡社（2011）
関川夏生『子規、最後の八年』講談社（2011）
千石七朗『漱石の病跡』勁草社（1973）
瀬沼茂樹『夏目漱石　近代日本の思想家6』東京大学出版会（1962）
庄野義信編著『六大学野球全集（上巻）』改造社（1981）
高濱虚子『定本高濱虚子全集（第十三巻）』毎日新聞社（1973）
高濱虚子『子規と漱石と私』永田書房（1983）
高浜虚子『回想　子規・漱石』岩波書店（2002）
高橋慶太郎編『ベースボール術』同文館（1896）（復刻版：ベースボール・マガジン社）
飛田穂州『野球人国記』誠文堂（1931）
常盤同郷会編「秋山兄弟生誕地」パンフレット（2011）
富田勝『攻撃野球』「要約野球のルール」成美堂出版（1986）
坪内捻典『正岡子規の楽しむ力』日本放送出版協会（2009）
坪内捻典『正岡子規　言葉と生きる』岩波書店（2010）
内田隆三『ベースボールの夢』岩波書店（2007）
和田茂樹『子規の素顔』えひめブックス（愛媛県文化振興財団）（1999）
和田茂樹編『漱石・子規往復書簡集』岩波書店（2014）
『早稲田大学野球部百年史（上巻）』（1950）

渡辺融『比較文化研究』第21号、1—54頁（1982）
矢羽勝幸『正岡子規』笠間書院（2012）
柳原極堂『友人子規（第4版）』博文堂書店（1981）
「野球殿堂博物館展示資料」（2013）
野球体育博物館編『野球殿堂2012』（2013）
横井春野『日本野球戦史』日東書院（1932）

『スーパー大辞林』三省堂書店（—）
『朝日新聞』「子規野球殿堂入り」2002年4月12日付
『朝日新聞』「全国高校選手権、選抜での都道府県別戦績」2015年5月12日付
『毎日新聞』「余禄」2009年4月19日付
『讀賣新聞』「よみほっと日曜版（春風の芝胸躍らす子規）」2013年2月17日付
『サンケイスポーツ』「正岡子規の後輩が82年ぶり切符」2015年1月24日付、「松山東春1勝」2015年3月26日付
『スポーツニッポン』「松山東82年ぶり！」2015年1月24日付
『東京新聞』「ドナルドキーンの東京下町日記」（野球を詠んだ子規）2015年2月8日付
htt://ww6.plala.or.jp/guti/cemetery/PERSON/K/kido-tkm.htm.l（2013）

おわりに

ベースボール発祥国アメリカでは、近年、ベースボールに顕著な二面性が表れていることを、佐山和夫『古式野球―大リーグへの反論』は指摘している。

佐山和夫『前掲書』によると、その二面性のいっぽうは、大リーグの「国際化」「グローバル化」であり、「ゲームを世界的に広めようとするもので、ＷＢＣはまさにその具体的な動きである。もういっぽうはその逆の「ローカル化」であり、「初期のベースボールに戻ることを目指して、ヴィンテージ・ベースボール（古式野球）を復活させる動きである」（５頁）と言う。

そして、さらに、佐山『前掲書』はこの両面間の関係について、「大リーグがその本質であるビジネス化に特化して先を急げば急ぐほど、弊害も巨大化した。ステロイド一つとってみても、それはいえる。その是正にはやはり『温故知新』しかないというわけで、《古式野球》への関心はうなぎのぼりになったという次第。古式野球の中にある『本来のベースボールとは、こうだったのではないか』という素朴な問い掛けが、意味を持ってきたのだ」（６頁）と言っているのである。

アメリカではこの「古式野球」を「ヴィンテージ・ベースボール」と呼び、「歴史上存在していたチームが再現されたもの」（１３６頁）であり、さまざまな土地で起きているベースボールのことだそうである。

ところで、現在、これを統括する団体には、１８６０年代のルールを採用している「ヴィンテージ・ベースボール・アソシエーション（古式野球連合）」と、１８８０年代のルールを採用している「ヴィンテージ・ベースボール・フェデレーション（古式野球連盟）」の二つがある。そこで、現在の団体の規模であるが、例えば、後者の「フェデレーション（連盟）」の「コミッショナーのジム・バウトン氏のいうところでは、ヴィンテージ・ベースボールが実施されている州は全米で三二、球団数は二二三（二〇〇八年八月現在）を数えるとか。大変な人気で全米に急速に広まっているという。住民たちの支持があってのことだろう。」(16頁)ということであるが、この「連盟」は２００７年８月に、第１回ワールド・シリーズを開催している。このワールド・シリーズは「スポーツ専門テレビＥＳＰＮの番組になって、広く全米に放映された。」（１３９頁）そうであるが、その会場において、「多くの人が楽しんだのは、やはり昔ながらのベースボール。『古き良き時代』に浸れたことを誰もが喜んだ。」（１４０頁）そうである。

このところの大リーグは、多くの大リーガーたちがドーピング（ステロイドなどの薬物）に染まり、不正投球や不正バットの使用までも明るみにされたりと、「イカサマとインチキの巣窟になっていることに、誰もが苛立った。」そこで、「アーリー・アメリカン（初期のアメリカ）の精神に戻れという気持ちが多くのファンにはある。それに帰る手っとり早い手段として、最も手近にあったのがヴィンテージ・ベースボールというものだった。その熱気を支えるのがノスタルジックな回帰心だったのはいうまでもない」（１４８頁）ことであろう。

ところで、アメリカとはやや事情は異なるが、実は、わが国でも「明治の（古式）ベースボール（野球）」が再現され話題となっている。

それは、子規没後100年に当たる平成14（2002）年2月、子規のベースボールに対する業績が認められ、特別表彰の新世紀枠として（子規の）「野球殿堂入り」が決定したが、同年7月13日、松山市市坪の「坊ちゃんスタジアム」で開催された四国初のプロ野球オールスター戦の前、「子規が楽しんだころのバットやグローブ（＊グローブは、その当時まだ使用されておらず素手であったが…）、ユニフォームなどを再現し、当時のルールで野球を楽しむ『の・ボール野球』大会が開かれた。バッターが指定するコースに下手で球を投げ、打球はワンバウンドで捕ってもアウトになるなど、今とはルールが大きく異なる」ベースボールであった。この「の・ボール」は、今も「定期的に大会が開かれるなど、愛好家たちの手で活動が続いている。」（愛媛新聞社編『坂の上の雲の松山を歩く』120頁）そうである。

『本書』は明治の古いベースボール（野球）を題材とした。そこで、この「後書き」に相応しいと思える「古式野球（ヴィンテージ・ベースボール）」の話題を取り上げておいた。子規も、この「古式野球」の再現（復活）を、さぞかし喜んでいることであろう。

『本書』執筆に当たっては、松山市立子規記念博物館ならびに野球体育（現殿堂）博物館、さらには愛媛県立図書館等から、適切かつ貴重な文献・資料を提供していただいた。このことは、『本書』内容をより充実させる上で、また真実を追究していく上からも大変貴重であった。関係各機関・各位には、心から感謝申し上げたい。

また、大学の同僚たちや友人たちから、著作に対するアドバイスや激励を頂いた。このことは、『本書』

出版に向けて、大きな原動力かつ推進力となった。関係各位に対し、心から感謝申し上げたい。

さらに、特筆すべきことは、著者が「子規とベースボール」研究を手がけたことから、毎年、松山に出向くことになったお陰で、広島（三原）（小・中・高校）時代の同級生であり、かつ同じ陸上競技部で汗を流し、ライバルとしても競った伊予市在住の田中（白石）清平君と旧交を温められたことである。田中君には、松山に出向く度に、種々大変お世話になった。ここに、心から感謝するとともにお礼申し上げておきたい。

最後に、『本書』が、このとおり立派にでき上がったのは「歴史物はなかなか販路に繋がらない」と言われているにも拘わらず、快く出版を引き受けてくださり、また出版に至るまで終始的確なアドバイスを送ってくださった「創文企画」鴨門義夫・裕明氏のご理解と、お力添えによるものである。ここに、改めて、心から感謝の意を表する次第である。

平成27（2015）年9月30日
著者　岡野進

■著者略歴

岡野　進（おかの　すすむ）

1947年、広島県生まれ。
1970年、東京教育大学（現筑波大学）体育学部卒業。都立小山台高校教諭、山梨県立女子短期大学（現山梨県立大学）助教授、明海大学経済学部教授を経て、現在明海大学名誉教授、中央大学法学部兼任講師。専門：スポーツ科学（陸上競技・トレーニング・コーチング）。

〈主要著書〉
『走幅跳・三段跳』ベースボール・マガジン社（1989）
『実践陸上競技（トラック編）』、『同（フィールド編）』（共編著）大修館書店（1990）
『ジャンプ・トレーニング・マニュアル』ベースボール・マガジン社（1994）
『小学生の陸上競技指導教本』創文企画（1998）
『概説スポーツ』創文企画（2003）
『楽しいなわとび』（共著）大修館書店（2005）
『小学生の陸上競技指導と栄養・スポーツ傷害』（編著）創文企画（2006）
『陸上競技のコーチング・指導のための実践的研究』創文企画（2009）
『新版・概説スポーツ』創文企画（2010）
『アンダー12・陸上競技指導教本』（共著）大修館書店（2010）
『陸上運動・競技の指導を考える基礎的研究』創文企画（2012）

正岡子規と明治のベースボール

2015年11月25日　第1刷発行
2016年2月5日　第2刷発行

著　者　岡野　進
発行者　鴨門裕明
発行所　㈲創文企画
〒101-0061　東京都千代田区三崎町3－10－16　田島ビル2F
TEL：03－6261－2855　FAX：03－6261－2856
http://www.soubun-kikaku.co.jp

装　丁　松坂　健（Two Three）
印刷・製本　壮光舎印刷㈱

　ISBN978-4-86413-074-5　Printed in Japan